Erste Auflage

Satz und Herausgabe

Carma Conrad

Alle Rechte vorbehalten

Copyright © 2025

ISBN: 978-3-8192-2611-3

Dieses Buch gibt es auch als E-Book!

Verlag: BoD · Books on Demand GmbH,
Überseering 33, 22297 Hamburg, bod@bod.de
Druck: Libri Plureos GmbH,
Friedensallee 273, 22763 Hamburg

Carma Conrad

*O*_{ma} *Thie*l

Geschaukelt wird später

Buch 5

Prolog

Else und Heinz haben es geschafft und haben geheiratet, welch ein Wunder. Aber ist Else denn mit dem einen Mann auch glücklich? Ganz unbekümmert denkt sie darüber nach, ihren Mann umzutauschen.

Oma Thiel wäre glücklich, wenn da nicht die Exfrau ihres Mannes Werner wäre. Die besucht ihn in Deutschland, ob das gut geht?

Dann passiert auch noch ein Unfall, aber deswegen muss man ja nicht gleich sterben, oder?

Es ist allerhand los und ich garantiere euch, langweilig wird es garantiert nicht.

Lassen sie sich überraschen!

Kleine Anmerkung:

Man kann jedes Buch für sich lesen, würde aber mehr Sinn machen mit Buch 1 anzufangen, dann lernt man die Charaktere besser kennen, vielen Dank!

Hochzeitsreise

Heinz war überglücklich, Else war zufrieden, ist doch auch schon mal was. Heinz hatte Else eine großartige Hochzeitsreise versprochen, etwas ganz Besonderes. Else war ganz aufgeregt. Vorher erzählte sie Elfriede davon, die meinte: „Na ja, wenn Heinz ohne Absprache mit mir eine Reise plant……. Lassen wir uns überraschen." „Hat er denn gar nichts gesagt, nicht ein bisschen?" Else wurde unruhig.

„Doch, er hat gefragt, ob du Italienisch sprichst?" Else war verwundert. „Italien, oh, das wäre ja wunderschön. Vielleicht lässt sich Heinz ja mal was Originelles einfallen." Else träumte von Italien und war überglücklich, dass sich ihr Mann Heinz etwas ganz Besonderes einfallen lassen hat.

Sie tat aber so, als wüsste sie von nichts, als Heinz in die Küche kam zu Elfriede und Else, die sich gerade einen Kaffee gönnten, natürlich mit Schuss. Das mussten sie aber keinen erzählen. „Hallo ihr zwei, alles gut? Gibt es was neues?" Beide Frauen schüttelten energisch den Kopf. Heinz holte sich ein Bier aus dem Kühlschrank. Else ermahnte ihn: „Dein Bauch kostet uns ein Vermögen, wenn du schon um 12:00 Uhr mit saufen anfängst, trink dir doch einen Kaffee, müsste noch was in der Kanne sein."

Heinz schüttelte den Kopf und stellte das Bier wieder weg. „Ich bin mal kurz weg, muss noch was erledigen," brummte er und weg war er.

Oma Thiel meinte: „Wir rufen Conny mal an, vielleicht weiß die was."

Wer sind wir denn überhaupt:

Oma Thiel (Elfriede) ist 77 Jahre und mit Werner verheiratet im selben Alter. Beide wohnen auf dem Grundstück:

Sonnenschein, eine Anlage, die überwiegend Senioren angehören.

Die zwei haben da ein Haus. Daneben wohnen Else und ihr Mann Heinz 79 Jahre. (Keine Kinder)

Else meint, sie ist höchstens 45 Jahre, sieht aber aus wie 80 Jahre.

Oma Thiel hat drei Kinder, aber schon groß und Werner hat zwei Kinder, auch schon groß. Sein Sohn ist in Amerika und seine Tochter lebt mit ihren Ole und den beiden Kindern auch auf dem Grundstück, was allein Ole gehört.

Ich bin die gute Seele der alten Leute und bin Conny. Mein zartes Alter ist mittlerweile 68 Jahre. Bald ziehe ich dort mit ein, wenn ich so schnell altere, grins.

Das Telefon klingelte bei mir.

„Hallo Oma Thiel, sagte ich gut gelaunt, was gibt es Neues?"

„Och, Else und ich sitzen nur gerade zusammen und überlegten, ob du vielleicht etwas weißt, wo die Hochzeitsreise hingeht. Aus Heinz ist nichts rauszukriegen." „Soll das denn nicht eine Überraschung werden?"

„Ja schon, aber du kennst doch Else, sie hasst Überraschungen, vor allem wenn sie von Heinz kamen." „Ich weiß nicht, ob ich das erzählen soll, ich will ihn ja nicht den Wau Effekt nehmen, wenn Else erfährt, wo es hingehen soll." Jetzt wurde Else erst richtig neugierig. „Nun erzähl schon und lass dir nicht alles aus der Nase ziehen, ich sage auch nichts, versprochen." Oma Thiel hatte das Telefon auf Laut gestellt. „Na gut, also er möchte an den Gardasee mit Else, das ist in Italien für vier Wochen.

Der Gardasee ist ein Traum, schönes Wetter, gutes Essen und jede Menge Italiener, die nur auf Else warteten." Ich lachte dabei und ergänzte noch. „Er kümmert sich gerade um eine Fahrgelegenheit, wie ihr da günstig bei wegkommt, sonst könnte er keine vier Wochen bezahlen." Else schrie auf: „Was nach Italien, wie geil ist das denn. Heinzi, Heinzi, aus dir wird noch ein richtiger Romantiker, hatte ich dir gar nicht zugetraut. Ich bin Begeistert. Else hob die Finger, was ich natürlich nicht sehen konnte und schwor, dass sie mich nicht verrät. Dann legten wir auf. Oma Thiel ging zum Kühlschrank und öffnete eine Flasche Sekt, zur Feier des Tages.

Heinz hatte so seine Probleme. Die Hotels am Gardasee waren alle richtig teuer, das konnte er sich nicht leisten, und schon gar nicht für vier Wochen.

Er fuhr zu seinen Jungs aus der Garage und trank da erst einmal sein Bier. Mit den hatte er sich so richtig angefreundet. Die Jungs schrauben an ihren Maschinen rum und lackierten sie auch selbst. Als er von seinen Problem erzählte und dabei sein Bier trank, hörten die Jungs zu. Einer von Ihnen meinte: „Wenn ich solche Touren gemacht hatte, habe ich immer mein Campingwagen mitgenommen. Das war die günstigste Variante. Da könnte man auf dem Campingplatz großartige Leute kennenlernen und mit ihnen grillen und Bier trinken. Die sind alle so von deinem Schlag." Heinz horchte auf. An sowas hatte er noch gar nicht gedacht. Das wäre eventuell eine Idee. Heinz fragte so nebenbei wie nur möglich. „Würdest du dein Campingwagen auch mal verleihen?" Klar, aber hast du denn eine Anhängerkupplung von du den Karren dranhängst?"

„Moment, sagte Heinz und lief raus, dann wieder rein. Nein, eine Anhängerkupplung habe ich leider nicht."

Thiemo meinte: „ Ich kann dir eine anbauen, ich habe noch so altes Schätzchen hier irgendwo rumliegen." Heins Augen strahlten. Trotzdem fragte er den Typen mit den Anhänger:

„Wie groß ist der denn? Und was kostet mich das denn?" „Ach, für dich mache ich ein Sonderpreis. Einhundert Euro die Woche. Das Geld von 400,- Euro kannst du direkt hier in unser Bierkasse werfen." Thiemo ergänzte noch: „Die Kupplung baue ich dir ein, umsonst." Heinz fragte aber nochmal: „Wie groß ist denn die Karre?" „Also zwei Personen haben da dicke Platz, es kann sogar noch ein dritter da schlafen, wenn du willst." Heinz hielt seine Hand hin und der Typ schlug ein. Es war gebongt,

Else und er fuhren mit ihrem eigenen Wohnwagen an den Gardasee. Da wird sich Else aber freuen. Thiemo sagte zu den Typen: „Danke, das du das Geld komplett in unsere Bierkasse wirfst, hast einen gut bei mir." Der Typ winke ab und ging wieder an seine Arbeit.

rnis

Arnis ist eine kleine Perle an der Schlei mit 300 Einwohner auf einen halben Quadratkilometer Fläche ist sie ganz offiziell die kleinste Stadt Deutschland. Hier kennt jeder jeden mit Vornahmen und wenn man sich sieht, werden die kräftigen die Hände geschüttelt.

Allerdings während der Ostseesturmflut im Oktober 2023 brach der Deich und viele Teile der Stadt würde überflutet.

Und mittendrin waren die Angehörige von Heinz, die Hannelore, seine Schwester mit ihrem Mann Gottfried. Beide haben die 80 schon seit vier Jahren hinter sich gelassen und dümpelten so in dem kleinen Ort Arnis vor sich hin. Sie hassten Veränderungen und der Kontakt zu Heinz war abgebrochen, als Heinz sich mit Gottfried zerstritten hatte. Das ist jetzt schon über zwanzig Jahre her. Hannelore, gerne auch nur Lore genannt und Gottfried, auch gerne nur Gott genannt brauchten nicht viel, um glücklich zu sein. Sie hatten auch nichts. Das alte Haus, wo sie drin wohnten, wurde bei dem Deichbruch so stark beschädigt, dass es unbewohnbar wurde.

Vorrübergehend konnten sie bei Freunden unterkommen, aber auf Dauer ging es natürlich auch nicht. Es war schwierig mit Gottfried zurecht zu kommen. Hannelore dagegen war immer freundlich und hatte für jeden ein offenes Ohr und hatte auch für alles Verständlich, was wiederum Gottfried nervte. Sie saßen zusammen und beschlossen, ihr geliebtes Zuhause zu verlassen und woanders nochmal von vorne anzufangen. Oder besser gesagt, den Rest des Lebens, was ihnen. Noch bleibt woanders zu genießen. Die einzigen noch lebenden Verwandten war der Bruder von Heinz. Sie hatte gehört, dass er nochmal geheiratet hatte und er sogar ein großes Haus besaß.

Gottlieb meinte: „Da ist Kohle, da fahren wir mit unseren letzten Habseligkeiten hin, der wird uns ja wohl helfen, ist ja schließlich dein Bruder."

Sie machten sich also auf den Weg. Alle winkten ihnen nach, als sie die Stadt schweren Herzen verließen. Die meisten waren allerdings froh, diesen Grießgram Gottfried endlich loszuwerden.

Als sie außer Sicht waren, köpften sie eine Flasche Sekt, vielleicht waren es auch zwei, oder drei.

Heinz war begeistert von den Wohnwagen. Er ist zwar nicht groß, dafür kann er aber enger mit seiner Else kuscheln. Am meisten freute er sich, als er die vielen Auto, Motor, Sport Zeitungen sah, die hier rumlagen. Viele kannte er noch nicht, und er wollte die meisten nicht ausräumen, damit er immer Zeitung lesen kann, wenn Else für ihn kocht. Damit wäre alle gut aufgeteilt. Heinz legte die Zeitungen alle in der

Bank, die ein großes Fach hatte, hinein. Musste Else ja nicht gleich zu Anfang sehen. Dann wischte er nochmal alles feucht durch. Das heißt, er machte den Lappen nass und wischte über den Tisch, weil, der so klebte von den Rändern der Bierflaschen. Dann fegte er den Müll einfach raus und schon sah der Wohnwagen auch aus, wie ein Wohnwagen. Er freute sich schon auf das Gesicht von Else. Thiemo hatte ihn wie versprochen eine Anhängerkupplung eingebaut, damit er den Karren auch ziehen kann. In zwei Tagen würde es losgehen.

Else wusste von diesen Plänen nichts. Sie freute sich nur, dass es nach Italien ging, und das löste in ihr ein gute Laune Gefühl aus. Sie schlief sogar mit Heinz fast täglich, was wiederum in ihm Glücksgefühle im Bauch kribbeln ließ.

Am nächsten Morgen soll es losgehen. Alle frühstückten noch ausgiebig und

Else gab Oma Thiel den Haustürschlüssel, um nach den Blumen zu sehen. Dann fuhren sie los. Werner und Elfriede winkten noch zum Abschied. Heinz hupte zweimal und los ging es. Erst einmal nur zur Werkstatt, wo der Wohnwagen darauf wartete, abgeholt zu werden.

Else fragte: „Warum halten wir denn schon? Wir sind doch gerade erst losgefahren?"

„Jetzt kommt meine Überraschung für dich. Ich muss dir jetzt die Augen verbinden. Komme mal her mein Schatz." Heinz verband Else die Augen und Else gluckse vor Freude. Er führte sie ein paar Schritte über den Kies, öffnete das Garagentor und half ihr rein. Dann sagte Heinz: „Du kannst die Augenbinde jetzt abnehmen." Else nahm sie ab und blinzelte erst einmal kurz. Sie stand vor einem Wohnwagen. Sie ging um den Wohnwagen und suchte die

Überraschung, fand sie aber nicht. „Wo ist denn jetzt meine Überraschung," fragte sie. „Na, du stehst doch direkt davor. Ist das nicht noch ein altes Schätzchen?" Er ging zum Wohnwagen und tätschelte ihn, als wäre es ein Hund. Dann sprach er weiter: „Mit dem Schätzchen fahren wir vier Wochen nach Italien zum Gardasee. Na, was sagst du jetzt? Da hat sich dein Heinzi was ganz Besonderes einfallen lassen, was?" Else sagte kein Wort. „Hat es dir sogar die Sprache verschlagen?" Heinz strahlte immer noch. Else guckte abwechselt den Karren an und Heinz. Nachdem sie es dreimal gemacht hat, merkte sie, dass Heinz es ernst meint. Sie holte tief Luft.

„Wenn du glaubst, dass ich mit dieser Schrottkarre nach Italien fahre, hast du dich gewaltig geschnitten, mein Lieber. Die Karre ist doch nicht größer als ein Kühlschrank.

Wie soll ich mich denn da drin entfalten. Das kannst du vergessen Heinz!" „Gucke doch erst mal rein. Von außen sieht er nicht gerade toll aus, aber immerhin können da bis zu drei Personen drin schlafen." Er öffnete die Tür und ging rein. „Nun komm schon." Zögert ging Else durch die Tür. „Es sieht aus, wie in einer Sardinendose. Stinken tut es genauso." Dazu kam noch der Gestank von abgestandenen Rauch. Sie sah sich um, na ja, so richtig umsehen war vielleicht übertrieben. Else sah angeekelt auf die Sitzpolster, die mit Flecken übersät waren. Nicht auszudenken, mit was für Flecken. Else bekam ein Würgereflex und hielt sich die Hand vor dem Mund. „Und das soll jetzt deine Überraschung sein!" „Ja, ich habe ihn schon bezahlt." „gehört dir die Drecksschleuder etwa?" „Nein, nur geliehen für vier Wochen. War ein super Angebot, das konnte ich nicht abschlagen. Für 100,- Euro die Woche.

In Italien ist alles so teuer, da musste ich mit der Unterkunft sparen. Du musst das mal positiv sehen. Im Grunde genommen, ändert sich nichts für dich. Du kannst hier kochen für uns, sogar abspülen wäre kein Problem. Das Bett reicht für uns zwei, da können wir ordentlich, na ja, du weißt schon." Er grabschte nach ihren Busen. Wumms hatte er ein gefangen. Die linke Seite von Heinz Gesicht würde schlagartig rot. „Du kannst gerne mit dem Kühlschrank hier nach Italien fahren, ich setzte keinen Fuß in dieses Ungestüm!" Beleidigt ging sie zurück zum Auto, setzte sich rein und schmollte. Heinz rieb sich seine Wange und ging hinterher. Als beide im Auto saßen fragte er vorsichtig nach. „Wie willst du es denn machen. Vier Wochen Gardasee im Hotel kosten Tausende, die habe ich nicht. In Italien wollte ich mit dir Shoppen gehen, weißt du, die italienische Mode ist extravagant, das kostet.

Du hast kein Millionär geheiratet, das wusstest du. Es tut mir leid, ich habe es nur gut gemeint. Dann bleiben wir eben hier und fahren an die Ostsee, oder in den Harz, wie du möchtest."

Else dachte nach. ‚*Ich habe mich schon so auf Italien gefreut und auf die Männer, die so galant sind und wissen, wie man mit Frauen umgeht. Und Shoppen gehen in Italien wollte sie auch immer schon mal. Vielleicht sollte ich über meinen Schatten springen. Der Karren ist nur zu schlafen. Kochen werde ich mit Sicherheit nicht da drin.*'

„Ja, ich habe ein wenig überreagiert. Du hast es nur gut gemeint. Okay, wir versuchen es. Aber glaube ja nicht, dass ich dich bediene. Wir sind gleichberechtigte Partner, verstanden?" „Oh Else ja, alles was du willst, mein Schatz, mein Liebling, Darling......." „Ist gut Heinz, es reicht. Lass uns endlich losfahren.

Bis du schon mal mit einem Anhänger gefahren?" Heinz nickte. „Weißt du noch, als ich dich mit in dem Beiwagen beim Motorrad genommen habe? Das ist so ähnlich. Alles kein Problem. Ich hänge den hinten dran und dann geht es auch schon los. Gesagt, getan. Nach einkoppeln, setzte sich Heinz ins Auto und fuhr langsam los. „Hast du denn den Stecker verbunden, fragte Else, damit die Autofahren sehen, wenn man abbiegen will?" „Nö, Stecker habe ich keinen gesehen, aber die Autofahrer sehen ja, wenn ich die Spur wechsele." Damit war das Thema vom Tisch. Italien, wir kommen!

Gott & Lore

Oma Thiel und ihr Mann Werner sitzen gemütlich vor dem Fernseher und tranken ein Glas Rotwein. Sie sahen sich beide das Traumschiff an. Gerade war eine Szene in Italien, da fragte Elfriede: „Meinst du, ob sie schon da sind?" „Wer, wo von wem redest du?" Werner war ganz vertieft. „Na Else und Heinz. Else war nicht begeistert von den Wohnwagen. Ich habe ihn ja nicht gesehen, aber sie sagte, der Wohnwagen sei so groß wie unser Kühlschrank, er stank nach Harzer Käse, und die Innenausstattung, wenn man es so nennen darf, war eine Eckbank, mit Flecken, die weiß waren. Auf nähere Einzelheiten habe ich dann verzichtet." „Die raufen sich schon zusammen, kennst sie doch. Wenn sie da sind, haben sie alles wieder vergessen.

Nun sei mal bitte still, sonst weiß ich gleich nicht mehr, worum es hier geht." Werner schaute wieder zum Fernseher. Es klingelte an der Tür. Werner schaute Elfriede an und fragte: „Hast du dich mit jemanden verabredet? Ich dachte, wir wollen mal einen gemütlichen Abend machen?" Genervt stand er auf und ging zur Tür, weil Elfriede schon einen Pyjama anhatte.

Es war Ole mit zwei Alten im Schlepptau. „Ja, hallo Oli, so spät noch, was ist los?" „Hallo Werner, entschuldige bitte die späte Störung, aber hier kommen zwei Gäste für Heinz. Einmal die Hannelore, kurz Lore genannt, Heinz Schwester und ihr Mann Gottfried." Er vermied es zu sagen, dass er auch gerne den Namen Gott hört.

„Ja, die sind aber nicht da, die sind auf Hochzeitsreise und kommen erst in vier Wochen wieder, wenn überhaupt," antwortete Werner.

Ole sagte: „Klärt ihr das bitte ab, ich esse gerade zu Abend, Tschüss." Damit verschwand Ole wieder. „Elfriede, kommst du mal," rief Werner in die Wohnstube. Die zog sich rasch einen Bademantel über und kam zur Tür. Hannelore sah Heinz wie aus dem Gesicht geschnitten ähnlich. Dieser Gottfried zog ein langweiliges Gesicht. Nach kurzer Erklärung an der Haustür bat Oma Thiel die Herrschaften erst einmal rein. Gottfried sah den eingeschenkten Rotwein auf den Tisch stehen. „Möchten sie etwas trinken, vielleicht ein Wasser?" Gottfried entschied sich für den Rotwein. „Sie können mir gerne ein Glas Rotwein einschenken. Meine Frau nimmt das Wasser. Beschämend nickte seine Frau.

Völlig genervt rief Werner Heinz auf seinen Handy an. Er hatte es aus, wie immer.

Nachdem die beiden erzählten, dass sie alles verloren hatten, entschied Oma Thiel, dass sie erst einmal ins Haus von Heinz und Else gehen, bis die Sache geklärt ist. Gottfried nahm sein Glas Rotwein mit und Elfriede meinte zu den Beiden. „Wir duzten uns hier alle, ich bin Elfriede und das ist mein Mann Werner. Viele sagen auch Oma Thiel zu mir, aber nur Freunde." Dann ging sie vor ins Haus und schloss es auf. Die beiden staunten nicht schlecht. Gottfried Pfiff durch die Zähne. „Dein Bruder hat es aber!" Oma Thiel zeigte denen alles und verabschiedete sich mit den Worten. „Morgen sehen wir weiter, für heute Nacht können sie, äh ihr, hierbleiben." Dann ging sie wieder zurück und bekam gerade noch mit, wie der Schlusslauf ging mit Orchester und Torte mit Wunderkerzen. „Na großartig, jetzt habe ich nichts mehr mitbekommen, so ein Mist." Werner gähnte und meinte:

„Komm, lass uns ins Bett gehen, morgen müssen wir unbedingt Heinz anrufen, um zu wissen, was mit seiner Schwester passieren soll und vor allem dieser Gottfried. Der ist mir unsympathisch, ich weiß auch nicht warum." „Ja, du hast Recht, geht mir genauso."

*B*AB

„So ein Mist, die Polizei winkt uns raus." Heinz war sich keiner Schuld bewusst, dass er etwas verkehrt, gemacht haben könnte. Zu schnell ist er auch nicht gefahren. Sie fuhren rechts ran.

„Guten Tag, allgemeine Verkehrskontrolle, ihren Führerschein und ihre Fahrzeugpapiere bitte." Heinz suchte nervös in seiner Hosentasche nach den Papieren. „Sie wissen, dass sie ohne Licht fahren?" „Wieso, ich habe doch Licht an?" „Ja, ihr Auto, aber der Wohnwagen nicht. Steigen sie mal bitte aus." Heinz stieg aus und sah, dass hinten alles dunkel war. Er fasste sich an den Kopf und meinte, das verstehe ich nicht." „Sie haben den Stecker nicht drin, dadurch haben sie keine Verbindung." Else schaute Heinz fragend an, sagte aber nichts. Der nahm den Stecker und steckte ihn rein. „Ist wohl rausgegangen, kann ja mal passieren," entschuldigt sich Heinz kleinlaut beim Polizisten. Der guckte beide an: „Wo wollen sie denn hin mit diesem Wohnwagen?" Jetzt war Else dran: „Es geht nach Italien zum Gardasee. Es ist unsere Hochzeitsreise. Mein Mann hat mich mit dieser Sardinenbüchse überrascht, nett nicht?"

Sie sagte das völlig ironisch, aber der Polizist meinte nur: „Dann meinen herzlichen Glückwunsch und ……äh…….viel Erfolg noch auf ihrer Strecke." Dann verabschiedete sich der freundliche Herr und weg waren sie wieder. Else drehte sich zu Heinz um: „Ich war der Meinung, dass ich dich gefragt hatte, ob du den Stecker drin hast, aber du hast ja wie immer alles im Griff." Beide stiegen wieder ein und fuhren an der nächsten Raststätte raus. Die erste Übernachtung stand an.

Heinz nahm sich eine Auto-Motor- Sport Zeitung und sagte zu Else: „Kannst du schon mal die Betten machen, ich gehe mal eben auf die Schüssel." Das hieß bei Heinz, er verschwand aufs Klo. Nach einer geschlagene Stunde dachte Heinz: *‚So, jetzt wird Else ja fertig sein und hat bestimmt noch eine Kleinigkeit aufgetischt und die Betten zurecht gemacht."* Als Heinz in den Wohnwagen stieg, sagte er gleich, um den Stress vorwegzunehmen: „Sorry, hat etwas länger gedauert, hatte Durchfall." Heinz war überrascht, dass weder Essen auf dem Tisch stand noch die Betten gemacht sind und Else war auch nicht da. Er rief: „Else, Else, wo steckst du denn?" Er war verärgert. Er war schließlich den ganzen Tag gefahren und hatte ein gutes Essen verdient. Und war die gnädige Frau……nichts……..

Heinz suchte den im Laden nach ihr, nichts, auf den Toiletten, nichts. Den ganzen Parkplatz suchte er ab. Dann fand er sie. Else saß mit drei Fernfahrer und tranken Bier zusammen. Gegessen hatte sie wohl auch schon, vor ihr stand ein Teller aus Pappe, wo wohl zuvor eine Wurst lag. Kartoffelsalat hat es wohl auch gegeben, es waren noch Spuren auf ihren Teller davon. „Ach hier steckst du, ich suche alles nach dir ab.

Wir wollten doch essen und dann ins Bettchen. Ich bin müde vom Fahren, weißt du?" Else und auch die drei Herren schauten ihn an, als wenn er vom Mond käme. Dann lachten alle auf und kriegten sich gar nicht wieder ein. Else liefen die Tränen über das Gesicht. Ein anderer klatschte sich auf die Schenkel. „Was ist denn bittschön daran so komisch?" Heinz war sauer. Den anderen liefen die Tränen übers Gesicht.

Else stand auf und ging auf ihn zu. „Du warst bestimmt auf Klo, nicht? Das sieht man noch." Dabei bekam sie sich gar nicht wieder ein. „Du ziehst die halbe Klo rolle hinter dir her......!" Zur Demonstration zog sie Heinz die Rolle hinten ab. Heinz lief puterrot an und giftete: „Sehr witzig!" Dann drehte er sich um und ging wütend zum Wohnwagen zurück.

Er machte jetzt die Betten allein und legte sich hungrig ins Bett.

„Schöne Hochzeitsreise." Irgendwann schlief er ein. Als er gegen morgen aufwachte, lag Else immer noch nicht neben ihm im Bett. Wütend zog er sich an und stampfte zu den drei Idioten. „Wo ist meine Frau! Wo verdammt ist Else!" Einer stand gerade seitlich am LKW und rasierte sich. „Die schläft noch," antwortete er ruhig. Er zeigte zum Führerhaus. Rasend vor Eifersucht riss er die Seitentür auf und fand Else in der Koje zufrieden schlafen. „Else, sage mal spinnst du?" Verschlafen machte sie ein Auge auf, sah Heinz und drehte sich wieder um, um weiterzuschlafen. Er zog ihr die Decke weg. „Kommst du jetzt bitte nach Hause?" Wütend drehte sich Else jetzt um und schrie: „Soll ich dir eine PowerPoint Präsentation durchführen, damit du verstehst, dass ich nicht mehr in diesen Wohnwagen zurückkehren werde. Fritz nimmt mich mit und lässt mich am Gardasee raus, und jetzt lass mich einfach weiterschlafen. Heinz war komplett irritiert: „Wer ist denn Fritz?" Der frisch rasierte Mann stand jetzt hinter ihm. „Ich heiß Fritz, was dagegen?"

Der Mann stand vor ihm und war gut einen Kopf größer als Heinz und auch deutlich breiter. „Wenn du gestattest, fahre ich jetzt los, habe Terminwaren geladen und habe keine Zeit für eure Kinderreinen. Ich setzt sie am Hotel Meandro ab, das ist 100 Meter vom See entfernt. Also mach keine Stress, hast sie ja heute Abend wieder." Fritz setzte sich in Führerhaus und fuhr einfach los. Heinz blieb völlig verdattert zurück. Heinz saß in seinem Wohnwagen und frühstückte. Er machte sich ein weiches 20 Minuten Ei und eine Scheibe trockenes Brot, was sich schon wellte.

Butter hatte er nicht und der lösliche Kaffee schmeckte auch wie eingeschlafenen Füße.

Er machte sein Telefon an und sah eine Nachricht von Werner. Seine Schwester war mit ihren beklopften Mann da. ‚*Was will die denn?*' Da Heinz jetzt nicht zurückrufen wollte, weil er erklären musste, dass seine Frau lieber mit einem Fernfahren auf unsere Hochzeitsreise geht, sprach antwortete er mit einer Sprachnachricht:

Guten Morgen, bei uns alles OK. Lore kann im Haus schlafen, wenn sie will, Gott nicht. Im Stall ist noch Platz. Habe keine Butter, Ei hart, Wetter gut, Else schläft. Schöne Grüße, Heinz!"

*W*as machen wir denn jetzt?

Am Morgen schaltete Werner sein Handy ein und hörte die Sprachnachricht vom Heinz. Oma Thiel kam aus dem Bad und fragte ihren Mann: „Und, hast du was von den Beiden gehört?" Werner erzählte nur: „Ja, Heinz hat sich gemeldet. Es wäre keine Problem, das die Beiden im Haus schlafen, Gott soll sie bewachen, wenn Else schläft und wenn sie von harten Eiern träumt, und keine Butter hat. Also, es geht denen gut." Elfriede schüttelte den Kopf und sagte beim Anziehen: „Wenn Männer sich unterhalten, kommt nur Mist raus." Dann machten beide Frühstück. Werner schenkte seiner frau gerade einen Kaffee ein, als es an der Tür klingelte. Werner fluchte: „Mein Gott, kann man nicht mal mehr in Ruhe frühstücken?" Er riss die Tür auf und wurde mit einem Herzlichen: „OH, du hast es schon gewusst, dass ich es bin, was Werner, alter Haudegen." Gottfried ging einfach an Werner vorbei, und klopfte ihn auf die Schulter. „Hm, hier riecht es aber gut, kam von Lore. So schön nach Kaffee!" Auch sie ging dem Geruch nach und direkt in die Küche. Oma Thiel kaute gerade an ihrem Brötchen. Mit vollen Mund sagte sie: „Entschuldigt bitte," und kaute schnell leer. Werner kam hinter den Beiden rein. Er machte eine Grimasse, die nur Elfriede sehen konnte, was so viel hieß, die sollen wieder gehen. Unaufgefordert setzten sie sich an den Frühstückstisch. Gottfried drehte sich zu Werner um. „Ich nehme den Kaffee schwarz wie die Nacht, meine Frau nimmt einen Schuss Milch rein." Werner kochte vor Wut und sagte sarkastisch: „Sehr gerne Gott, sonst noch Wünsche?"

Gottfried lächelte und freute sich, dass er ihn beim Spitznamen nannte. Dann meinte er: „Ja, wenn du mich so fragst. Ein Brötchen mit Leberwurst. Ich habe einen Bärenhunger."

Er griff in den Brötchenkorb und nahm sich ein Vollkornbrötchen raus. Genau das war für Werner gedacht. Dann nahm er die Leberwurst und schmierte sich das Brötchen. So ganz nebenbei fragte Hannelore: „Hast du, was von Heinz gehört?" „Ja, habe ich, ich glaube, er meinte, ihr könnt so lange in dem Haus wohnen, solange sie weg sind, vor allem du Lore, das sagte er ausdrücklich nochmal." „Ja, subber, sprach Gott mit vollen Mund, dann können wir gleich mal einkaufen pfahren, da ist der Kühlschrlang leer." Elfriede schaute ihn unverständlich an und lächelte: „Mit vollen Mund spricht man nicht, Gottfried." Sie vermied es nur Gott zu sagen. Er trank einen Schluck Kaffee, jetzt war der Mund leer.

„Der Kühlschrank ist leer, wärst du so nett und könntest mit uns Einkaufen fahren. Wir kennen uns hier nicht so aus.

Dann bräuchten wir euch nicht alles wegessen." Das war ein gutes Argument. Werner nickte. „Ich würde gleich nach dem Frühstück losfahren," meinte Werner, weil er ja noch nicht gefrühstückt hatte. „Wir sind fertig und können direkt los. Oma Thiel sagte friedlich: Dann bringe dir doch noch ein Vollkornbrötchen mit, dann kannst du nachher in Ruhe frühstücken und deine Bildzeitung lesen. Werner nickte. Eigentlich war geplant, dass sie mit deren Auto fahren, aber der Tank war rappelleer. Also fuhr Werner, Gottfried saß neben ihn und Hannelore hinten. Sie fuhren zu einen großen Supermarkt, wo es alles gab. Lore hatten einen großen Einkaufswagen und Gott hatte auch einen. Werner dachte, mein Gott, wie lange wollen die denn bleiben, als er sah, was sie alles in die Wagen legten. Während die anderen Einkauften und gar nicht genug davon bekamen, holte sich Werner eine Sportzeitung, in der er erstmal ausgiebig blätterte, ob sich das auch lohnt, sie zu kaufen und sein geliebtes Vollkornbrötchen. Nach einer Dreiviertelstunde schaute er, ob es noch lange dauert und suchte die Beiden. Sie kamen gerade mit zwei vollgepackte Einkaufswagen um die Ecke, und rollten zur Kasse. „Na, da habt ihr je richtig zugeschlagen, was? Und lauter Leckereien habt ihr auch. Nur vom Feinsten, was?" Werner staunte nicht schlecht. Lore packte alles auf das Laufband aus ihrem Wagen. Dann fuhr sie den leeren Wagen nach hinten, um alles wieder einzuräumen. „Werner, kannst du mir mal helfen?" Werner legte seine beiden Sachen auf Band und packte alles wieder in den Einkaufswagen. Gottfried knallte seine Sachen auf das Band. Lore meinte: „Ach, jetzt habe ich den Senf vergessen und lief schnell noch mal in den Laden rein. Als Gottfried alles auf Band gelegt hatte und es nur noch vielleicht zehn Artikel waren, lief er auch nochmal weg. Jetzt stand Werner mit dem gesamten Einkauf allein an der Kasse. „356,99 Euro bitte," sagte die Kassiererin. „Äh, das ist nicht meins. Ich habe nur die zwei Sachen, die noch auf dem Band liegen." „Ach, das auch noch?" Sie scannte die Zeitung und das Brötchen dazu. Ungeduldig sah sich Werner nach einem von den Beiden um, aber sie waren nicht zu sehen. „Das macht dann 360,10 Euro. Werner wurde nervös. Als sich andere, die hinter ihm in der Schlange standen, aufregten, zog er sein Portemonnaie und zog seine EC-Karte raus und bezahlten den gesamten Einkauf. ‚*Das hole ich mir wieder, ihr Schmarotzer.*' Als Werner alles erledigt hatten, kamen beide wieder. „Ach, die hatten den Senf nicht, wir hatten alles abgesucht." Lore war sich an erklären. Werner wollte gerade Luft holen und was sagen, da kam ihn der liebe Gott zuvor.

„Ach, du hast schon alles bezahlt, das ist aber nett von dir, hättest du aber nicht tun müssen. Dann nahm er den Einkaufswagen und schob ihn an den verdutzten Werner vorbei. Lore folgte ihm mit ihrem Wagen und sagte noch: „Dankeschön, das ist aber lieb von dir, ein richtiger Gentleman."

Werner trabte mit seiner Zeitung und seinem Brötchen hinterher und dachte:‘ *Ich habe noch nie so viel für eine Zeitung und einem Brötchen bezahlt.‘*

olfplatz

Oma Thiel war gerade mit den Hasen und den Meerschweinchen beschäftig,

sie zu füttern, da wurde sie durch einem
Lärm von draußen unterbrochen. Sie
Meerschweinchen quickten aufgeregt.
„Was ist denn das für ein Krach da
draußen. Sie ging nach raus und hatte
die Schaufel vom Futter noch in der
Hand, als auch Ole rauskam. „Was ist
das?" Ole wusste auch nicht, wo das
herkam. Beide gingen dem Geräusch
nach. Ole nahm vorsichtshalber die
Heugabel mit. Ein Bagger machte den
Krach und eine Kreissäge. Ole sah, wie
sie gerade einen Baum fällten. „Einer
schrie: „Vorsicht Baum fällt!" Dann
rumste es. Oma Thiel rief: „Oh, der
schöne Baum? Was machen die denn
da?" Ole ging auf einen Holzfäller zu und
fragte nach: „Was soll das hier werden,
wenn es fertig ist?" „Ein Golfplatz," kam
prompt die Antwort. Elfriede schaute
Ole ungläubig an. Beide wie aus der
Pistole geschossen: „Einen Golfplatz?"
Ole wieder an den Holzfäller gewandt:

„Das ist Privatbesitz, das Land gehört mir. Alles bleibt so, wie es ist, haben sie mich verstanden?" Der Holzfäller setzte seine Kopfhörer auf und sägte an den zweiten Baum. „Hallo, hören sie mich nicht?" Ole rannte zu einem, der im Bagger saß. „Das ist Privatbesitz! Sie können hier nicht einfach alles abholzen, ich rufe die Polizei!" Der Baggerfahren zuckte nur mit den Schultern und grub weiter im Erdboden rum. „Das ist doch nicht zu fassen!" Ole schnaubte vor Wut. Ältere Leute kamen aus ihren Wohnungen und wollten wissen, was das hier für ein Krach ist. Oma Thiel beruhigte sie: „Es ist alles in Ordnung, kein Grund zur Aufregung,

geht alle bitte wieder zurück und lasst den Leuten ihre Arbeit machen." Ole schmiss die Heugabel in die Ecke und ging zum Auto. Ich fahre jetzt zum Bauamt, die müssen mir sagen, was das alles soll?"

„Ich komme mit, das interessiert mich jetzt aber auch," meinte Oma Thiel. Als sie gerade am Tor waren, kam ihnen Werner mit den beiden Gästen entgegen. Ole kurbelte das Fenster von seinem Lieferwagen herunter. Werner fragte: „Wo wollt ihr denn hin?" „Wir müssen zum Bauamt, höre dir mal den Lärm an. Die wollen einen Golfplatz bauen auf meinem Grundstück!" Ole war immer noch aufgebracht. Elfriede schaute rüber: „Mach dir ein schönes Frühstück und lese deine Bildzeitung, steht noch alles auf den Tisch, ich bin bald wieder da." Werner dachte: *Jetzt muss ich mir das Frühstück auch noch allein machen, mir bleibt aber auch nichts erspart. Und was ist das für ein krach hier?'*

Werner parkte direkt bei Heinz vor der Tür, damit die zwei nicht so weit laufen müssen beim Auspacken. Dann ging er rüber und schmierte sich sein Brötchen, faltete die Zeitung auf und ....nichts......bei diesem Lärm kann sich doch keiner entspannen. „Ich rufe Heinz nochmal an und frage nach, was er für eine komische Schwester hat und dann dieser Gott, der geht gar nicht." Heinz hatte sein Telefon aus. Also setzte sich Werner in sein Auto und fuhr in seine Suite in der Altenresidenz Glückseligkeit. Man gut, dass er die noch hatte, für Notfälle. Er faltete seine Zeitung auf und? Endlich Ruhe. Hier wollte er bleiben, bis sich alles wieder beruhigt hat. Der ganze Stress ist nichts für Werner. Er braucht seine Ruhe, seinen Frieden, gutes Essen und Fußball.

*B*eleidigte Leberwurst

Heinz fuhr allein, bis er an diesem Hotel Meandro ankam. Er versuchte umständlich mit dem Anhänger bis vor die Tür zu fahren, was aber mit einigen Schwierigkeiten verbunden war. Ein Page kam sofort und sagte auf Italienisch, er solle den Wagen bitte woanders parken. Der Campingplatz sei außerhalb der Stadt. Heinz verstand kein Wort und fragte: „Wo ist Else? Verstehen sie, meine Frau Else." Der Page machte nur eine Handbewegung, er solle bitte weiterfahren. Missmutig startete Heinz sein Wagen und er fuhr mit Anhänger weiter. Auf der Straße ließ er den Wagen mit einer Warnblickanlage in zweiter Reihe stehen. Zu Fuß stampfte er zum Hotel zurück. Der Schweiß ran ihn in Verschwitzte T-Shirt hinein. Er nickte dem Pagen zu und ging einfach an ihm vorbei. Er ging zur Rezeption und fragte völlig fertig: „Haben Sie eine ältere Frau gesehen, mit grauem Haar, 81 Jahre, sieht aber junger aus. Sie hört auf den

Namen Else." Bevor die Dame ihn antworten konnte, sagte eine Frau hinter ihm: „Na hör mal, ich bin doch kein entlaufender Hund. Sie hört auf den Namen, Else. Zur Demonstration ergänzte sie noch: „Ja Else, da bist du ja, ja fein, komm zu Herrchen, das hast du aber fein gemacht. Dann setzte sie ihr Bierglas an und trank den Rest in einem Schuss weg. Heinz sah Else und rief: „Ja, da bist du ja endlich, Else, wie schön, dass ich dich wieder habe. Sage mal, war das eben Bier, was du da entleert hast?" Heinz sabberte schon. „Ja, es war Bier, willst du auch eins?" Ohne zu überlegen sagte er den Ober, der gerade in die Lobby kam und das leere Glas mitzunehmen. „Bitte noch zwei Bier, aber ein Großes für mich." Der Ober nickte und ging von dannen. „War denn alles gut mit diesem Fritz, war er nett, oder hat er dir was angetan?" „Nö, er hat mir noch 100,- Euro dagelassen, damit ich mir was zu essen kaufen

konnte, bis du da wärst." „Das ist ja
wirklich nett. Das Bier kam. Heinz hob es
hoch und sagte: „Ein Hoch auf Fritz und
das wir uns wieder haben." Er setzte es
an und trank über die Hälfte weg. Else
nahm auch einen großen Schluck. Jetzt
schaute sich Heinz hier um. „Ist ja so ein
Schicki Micki Laden, was?" „Nö, die sind
aber hier ganz nett, aber vielleicht
solltest du dein Hemd mal wechseln und
duschen, wäre auch nicht schlecht."
„Warte mal eben." Schon ging er weg.
Else war überrascht, dass Heinz kein
Theater gemacht hatte, weil sie nicht
mehr in den Wohnwagen wollte. Heinz
kam zurück und winkte mit einem
Schlüssel. „Wir bleiben heute Nacht hier.
Ich sehe zu, dass ich den
Wohnwagen…….äh…….oh shid, den
habe ich ganz vergessen. Ich suche mir
einen Parkplatz und dann nehme ich
meine Sachen und komme schnell
wieder." Er war schon am gehen, als Else
sagte:

„Warte, ich komme mit, brauche auch frische Klamotten. Beide gingen eingehakt durch die Drehtür, draußen gaben sie sich einen Kuss. Else meinte: „Du bist ein Schatz."

„Wo hast du ihn denn hingestellt, dass müsstest du doch wissen, oder etwas nicht?" „Ja genau hier, der kann doch nicht weg sein. Ich hatte die Warnblinkanlage an und habe den Motor laufen lassen." Heinz fasse sich am Kopf und überlegte. „Du hast was?" Else war irritiert. Man lässt doch nicht in Italien einen Wagen mit Wohnwagen mitten in der Stadt mit laufenden Motor, wohlgemerkt und geht erst einmal ein Bierchen trinken. „Wir müssen zur Polizei, schnell, vielleicht kriegen sie die ja noch!" Else schüttelte den Kopf. „Die sind über alle Berge Heinz. Aber eine Anzeige müssen wir soundso aufgeben." Nun suchten sie die Polizeiwache. Aufgeregt erzählte Heinz, was geschehen ist. Der Polizist kam näher ran und fragte auf gebrochenen Deutsch. „Haben sie Alkohol getrunken, Mann?" Heinz war verwirrt, es ging hier schließlich um seinen Wagen, deshalb tat er das ab. „Ja, ein Bier, sonst noch nichts. Aber sie müssen den Dieb finden, die haben unsere Sachen, verstehen Sie?" „Wieso, sonst noch nichts, trinken sie sonst mehr?" Heinz verstand die Frage nicht und antwortete naturgetreu: „Klar, meine Else und ich können schon ganz schön einen Bechern, was Schatz?" Else verdrehte die Augen. „Ihren Führerschein bitte." „Das ist doch jetzt nicht so wichtig........" „Ihren Führerschein, sofort." Heinz füllte in seiner Hosentasche und fand ihn Gottseidank. Er gab ich den Wachmeister. Der zog sich Einmalhandschuhe an, um ihn entgegenzunehmen. Heinz Telefon läutete in seiner Hosentasche.

Er reagierte nicht. Else schubse ihn an.
Erst jetzt reagierte er und nahm ab.

„Hallo Werner, prustete Heinz ins
Telefon, währen der Wachmeister sich
an seinem Computer setzte, bei uns ist
alles Okay, was? ich kann dich schlecht
verstehen? Ne, der Wohnwagen ist weg,
sind gerade bei der Polizei, die sucht
mit. Was? Ja scheiß Gott, 380,- Euro, hä,
verstehe kein Wort. Ach weiß Gott…..Ich
muss auch Schluss machen. Grüße von
Else an euch." Else schaute ihn
verwundert an und fragte: „Was ist los?"
Heinz antwortete: „Was weiß ich denn,
irgend etwas mit Gott und 380,- Euro.
Ich glaube, die wollen in die Kirche
eintreten oder so ähnlich. Ich konnte ihn
nicht so gut verstehen." „So, sagte der
Wachtmeister, ich werde ihnen den
Führerschein erst einmal nicht
wiedergeben und behalte ihn ein.
Fahren können sie in diesem Zustand
soundso nicht.

Was ist mit dem Wohnwagen, haben sie da bitte auch die Papiere?" Heinz antwortete: „Nö, der ist doch nur geliehen, das ist nicht meiner." „Können sie das beweisen?" Heinz schaute irritiert. „Wieso, beweisen, rufen sie doch einen Freund von mir, Thiemo an, mit dem zwitschere ich öfter mal ein paar Bier und fragen ihn. Der kennt den Kumpel und kann das bestätigen." Else boxte Heinz in die Seite. „Ach, sagte der Wachmeister, das heißt, sie trinken öfter mal ein bisschen Bier……" „klar," sagte Heinz dazwischen. „Und wie heißt der Kumpel mit Nachnamen?" „Das weiß ich nicht, aber der hat 400,- Euro dafür bekommen, da er uns den Wohnwagen für vier Wochen überlässt. Der Wachmeister verdrehte die Augen. „Bitte das Nummernschild vom Wohnwagen?" „Keine Ahnung." Jetzt platzte der Wachmeister. Sie wollen mir erzählen, dass sie einen Wagen haben, mit einem Wohnwagen von einem Kumpel, wo sie den Nachnamen nicht wissen, sondern auch nicht das Nummernschild kennen……" Heinz drehte sich zu Else und fragte: „Hatte der Karren überhaupt ein Nummernschild?" „STOP!" Der Polizist platzte gleich vor Wut. Eine letzte Frage habe ich aber noch: „Sie sagten, sie hätten den Wagen mit Anhänger auf der zweiten Fahrspur mit laufenden Motor laufen lassen, um mit ihrer Frau ein Bierchen zu trinken?" Heinz überlegte, dann meinte er: „Ja, Herr Wachmeister, genauso war es." „Allerding……" Weiter kam er nicht, denn der Wachmeister sagte lapidar: „Es ist alles gestohlen worden und weg, einfach weg, junger Mann, sie befinden sich hier in Italien."

Die beiden gingen mit hängenden Köpfen wieder ins Hotel. Da gingen sie in die Boutique und holten sich das Nötigste, wie frische Wäsche.

Zahnbürsten wurden ihnen gestellt, von der Rezeption, weil, sie erzählten die Geschichte jedem, der es wissen wollte oder nicht. Die Zwei machten sich einen schönen Abend und riefen dann betrunken, wie sie waren, bei Werner und Elfriede an. Sie brauchten unbedingt mehr Geld. Hier war alles so teuer. Diesmal rief Else an, die sich gerade Bettfertig machte. Es war 01.30 Uhr nachts und Heinz viel schon volltrunken ins Bett.

Elfriede wunderte sich, dass um diese Zeit das Telefon klingelte. Sie dachte sofort, es sei etwas passiert, und nahm schlaftrunken ab.

„Ja hallo, wer ist denn da?" „Hallo Elfriede, ich bin es, Else." „Ist was passiert?" „Nö, ist alles in Butter, aber wir brauchen Geld, kannst du etwas überweisen, du bekommst es auch wieder. Unser Wohnwagen und Auto sind geklaut worden, von den Italiener.

Da waren unsere ganzen Sachen drin. Jetzt sind wir im Hotel, haben aber weiter nichts anzuziehen!" Elfriede wurde schlagartig wach: „Was, warum sagst du das nicht gleich. Wieviel braucht ihr denn: „Ich denke mal 1000,- Euro würde reichen." Elfriede schluckte: „So viel?" „Ja, wenn wir noch mehr brauchen, sagen wir Bescheid, aber das müsste erst einmal reichen." Oma Thiel verdrehte die Augen. Sie überlegte und dachte darüber nach, wie lange sie auskommen würde mit 1000,- Euro.

Elfriede fragte nach, ob sie nicht einfach wieder zurückkommen möchten, weil Heinz's Schwester mit ihr Mann auch da wären und die ziemlich anstrengend sein können, aber das verstand Else nicht, weil sie gerade ihre Zähne pflegte und dann ins Glas neben ihr Bett stellte. Dann versuchte sie noch zu sagen: „Glüsse Pherner pom uns. Ich male dich pieder. Püss." Dann legte Else auf.

Oma Thiel schaute den Hörer an und dachte: ,*Sie hätte die Zähne auch gerne noch zwei Minuten länger drin lassen können, dann hätte ich auch den Rest verstanden.*' Kopfschüttelt legte sie sich wieder schlafen.

*F*rechheit

An schlafen war gar nicht mehr zu denken, Oma Thiel ging das Gespräch auf dem Bauamt noch durch den Kopf. Die haben Ole gesagt, dass das Baugrundstück nicht mehr zum Erbe dazugehörte und es jetzt ein Amerikaner gekauft hätte, um einen Golfplatz zu bauen.

Wir hätten keine Chance mehr, weil schon alles durch war. Dann dachte sie an Else und auch an Heinz. ‚*Sie waren auch nicht mehr die Jüngsten, ob sie das alles packen, so ganz allein in Italien?‘*

Am nächsten Morgen war Oma Thiel wie gerädert. Ihr Mann kam ins Schlafzimmer und meinte: „Elfriede, es ist schon zehn vor zehn. Wann willst du denn aufstehen und mit mir frühstücken? Ich habe Hunger." „Was wie, wo?" Elfriede würde aus dem Tiefschlaf gerissen. Sie war erst um sechs Uhr in der Früh wieder eingeschlafen. „Was ist denn los mit dir? Bist du krank?" Werner legte seine Hand auf die Stirn seiner Frau. Sie schubste sie weg. „Nein, natürlich bin ich nicht krank. Else hatte mich nur mitten in der Nacht aus dem Schlaf gerissen. Danach konnte ich nicht mehr einschlafen." „Else? Ist was passiert?"

„Ne, oder doch ja, ihr Wohnwagen wurde gestohlen, jetzt soll ich denen Tausend Euro überweisen." „Tausend Euro? Hast du ihr erzählt, dass ich den gesamten Einkauf von diesen Schmarotzer bezahlen dürfte?" „Nein, da haben wir gar nicht über gesprochen. Sie sind in einem Hotel untergekommen, bis der Wohnwagen wieder da ist. Das Hotel liegt direkt am Gardasee. Sie wollen heute mal die Gegend erkundigen. Kannst du das machen mit der Überweisung?" Erschrocken schaute Werner Elfriede an. „Wieso soll ich immer alles bezahlen, es ist doch deine Freundin? Ich bezahle gar nichts mehr." Daraufhin verließ er das gemeinsame Schlafzimmer und knallte die Tür hinter sich zu. Oma Thiel zuckte zusammen. „Werner!" Sie rief ihn noch hinterher, aber einen Augenblick später hörte sie die Haustür ins Schloss fallen. Elfriede ließ sich zurück ins Kissen fallen.

Werner dachte: ‚*Ich habe keine Lust mehr, mir den ganzen Stress anzutun. Ich brauche mal jemanden, mit dem ich reden kann. Mist ist, dass Heinz nicht da ist. Na, dann gehe ich eben zu Ole und meiner* Tochter Kathi?* Er klingelte und Ole öffnete die Tür. „Guten Morgen Werner, ist etwas passiert?" Nein, nicht wirklich. Elfriede schläft noch. Der Frühstückstisch ist gedeckt und ich soll neben den 380 Euro auch noch 1000,- überweisen." Ole verstand kein Wort. Deshalb meinte er: „Willst du einen Kaffee, dann kannst du mir alles in Ruhe erzählen?" Erleichtert nickte Werner und ging durch, bis in die Küche. Da saßen seine Tochter und seine Exfrau Vicky. Er blieb wie versteinert stehen und erstarrte richtig. „Hallo Werner, schön, dich zu sehen." Sie streckte ihm die Hand entgegen, blieb aber dabei sitzen. „Hallo Vicky, oder soll ich Yaaba sagen, was machst du denn hier?"

„Ich wollte meine Kinder mal besuchen und mein neues Enkelkind auf der Welt begrüßen." „Bist du schon länger hier?" „Nein, bin gestern Abend erst angekommen und habe hier auf der Couch geschlafen. Ich bleibe ein paar Tage." „Hallo Papa, unterbrach Kathi das Gespräch, was führt dich zu uns? Willst du einen Kaffee?" „Hallo mein Kind, begrüßte Werner jetzt auch seine Tochter. Werner war zu neugierig. „Ist dein Mann auch hier?" Vicky schüttelte den Kopf. „Nein, wir haben viel zu tun. Trotzdem fand ich, dass es an der Zeit war, meine Familie in Deutschland zu sehen. Mike kommt auch morgen an und bleibt eine Woche." Mike kommt auch?" Werner war überrascht, dass er von alledem nichts wusste. „Das hat sich so ergeben, gab Ole jetzt dazu. Setzte dich doch einfach." Er schenkte seinen Schwiegervater einen Kaffee ein. Mike will sehen, was er machen kann, er kennt zufällig den neuen Besitzer des Golfclubs, der hier gebaut werden soll. Er will mal schauen, ob er ihn umstimmen kann. Es war sein Studienkollege, und guter Freund. Dann wusste er, dass seine Mutter in Deutschland ist, und schwupp kommt er mal eben aus Amerika hier rüber geflogen." „Kathi fragte ihren Vater: „Else und Heinz sind doch auf Hochzeitsreise, können da nicht Mama und Mike drin wohnen. Die sind doch wieder weg, wenn die zwei wieder kommen?" Werner überlegte, was damals im Dschungel passierte. Er hatte Elfriede nicht gesagt, dass diese Frau, die gerade vor ihm stand, seine Exfrau war. „Ähm, da ist gerade die Verwandtschaft von Heinz eingezogen. Seine Schwester und ihr Mann."

„Ach, das ist ja blöd," meine Kathi. Vicky meinte: „Das ist doch nicht schlimm, ich gehe ins Hotel, macht euch keine Sorgen und Mike kann auch ins Hotel gehen." Werner überlegte und sagte: „Ihr könnt in meiner Suite wohnen in der Altersresidenz Glückseligkeit?" Ole und Kathi bekamen einen Lachanfall, weil sie sich über das Gesicht von Vicky belustigt hatten. Werner korrigierte deshalb noch mal. Die Suite liegt ganz oben und wenn ihr nicht wollt, bekommt ihr auch nichts mit von den alten Leuten. Die Suite hat zwei Schlafzimmer, und ist immerhin 150 qm groß. Wenn ihr wollte, könnt ihr natürlich da auch mitessen oder frühstücken, oder auch nicht. War nur ein Vorschlag." Werner zuckte mit den Schultern. „Nein, das finde ich ganz lieb von dir, hast du denn da auch eine Küche drin?" Bevor Werner antwortete, sagte Ole: „Die ist voll ausgestattet, eine moderne Küche, ein Traum Bad mit Regendusche und einen vollen Kühlschrank mit Bier. Ich habe die Suite selbst gebaut, ich muss es ja wissen."

„Ich nehme dein Angebot gerne an, wenn du es für ein paar Tage entbehren kannst?" „Immer wieder gern, bleib, solange du willst und Mike natürlich auch." Dann wurde noch ein wenig geplaudert und alle lachten viel.

Elfriede wusste nicht, wo ihr Mann hingelaufen war, oder ob er weggefahren war. Sie frühstückte allein und war traurig darüber.

Bella Italia

Nach dem Frühstück machten sich Heinz und Else, die sich in der Nacht wieder vertragen haben, es war sehr schön, war der Kommentar von Else, auf dem Weg, die Stadt zu erkunden und sie wollten zum Gardasee. Da sie keine Auto mehr hatten und beide nicht mehr ganz so gut zu Fuß waren, nahmen sie sich ein Taxi. Der Taxifahrer war besonders nett, weil er wusste, dass das eine gute und teure Fahrt wird. Er schwärmte immer wieder von „Bella Italia." Dabei schaute er in den Rückspiegel und machte Else schöne Augen und ein Knipsauge, was sie sofort dazu veranlasste, nochmal zu gucken, ob ihre Haare auch gut aussahen und zog ihre Lippen mit einem Knallroten Lippenstift nach. Den hatte sie gestern im Hotelshop erstanden für schlappe 80,-Euro. Die Verkäuferin hatte ihr versichert, dass so ein Lippenstift in Italien ein Muss sei, wenn man geküsst werden will……na dann…….

Heinz sah den Lippenstift, fand ihn viel zu knallig und meinte: „Der Lippenstift steht dir richtig gut."

Else freute sich über das Kompliment, gerade, weil der Taxifahrer noch seinen Daumen und den Zeigefinger und Mittelfinger zusammenführt und damit einem Kussmund abgab. Else wurde so rot wie ihre Lippen. Heinz wollte gerade dem Taxifahrer erzählen, dass es unsere Hochzeitsreise ist, als Else ich in die Seite boxte und flüsterte: „Das interessiert den netten Herrn nun überhaupt nicht." Heinz war wieder ruhig. Die Taxifahrt hielt kurz an, weil noch ein anderer Mann zustieg und sich vorne hinsetzte. Der Taxifahrer meinte, das ist Familie, er solle ihn nur ein Stück mitnehmen. Das wäre in Italien so üblich. Das nennt man „Familienzusammenhalt." Heinz erzählte jetzt aber trotzdem, dass sie mit dem Wohnwagen auf Hochzeitsreise sind, aber der Wagen mit Anhänger gestohlen worden ist. Der Zugestiegene wurde aufmerksam. Bevor er wieder ausstieg überreichte er Heinz seine Visitenkarte.

Der Taxifahrer meinte, als sie wieder allein unterwegs waren: „Mein Cousin ist Anwalt und es gibt sehr gute Chancen, ihr Auto plus Wohnwagen wieder zu finden. Bei Interesse sollten sie sich bitte melden, aber nicht vor Morgen." Heinz meinte: „Das kann ich mir nicht leisten." Else nickte dazu. „Bella, wir sind deine Freunde, es kostet nichts, bei so einer hübschen Lady nehmen wir doch kein Geld." Else strahlte. Der Wagen hielt und vor ihnen war der Gardasee. Beide stiegen aus. Sie waren überwältigt von so viel Schönheit. Else kamen sogar die Tränen in den Augen. Heinz legte Gentleman wie ein den Arm um Else und sie ließ es geschehen. Beide atmeten sie die schöne Luft ein. Sie gaben sich vor der Kulisse einen Kuss, einen kleinen Kuss, einen versteckten Kuss. Der Taxifahrer musste es nicht mitbekommen. Der telefonierte aufgeregt mit jemanden und war somit abgelenkt.

Der Taxifahrer kam wieder. „Und, ist es nicht schön hier?" Die zwei nickten. Else meinte: „Wunderschön sogar."

Taxifahrer: „Ich habe gerade mit meinen Cousin telefoniert. Er hat schon eine Vermutung, wo sich ihr Wagen, einschließlich Wohnwagen befindet. Er sagte noch, dass er nur im Erfolg, alles wiederzufinden, einen kleinen Betrag nimmt, weil ihr auf Hochzeitsreise seid. Wenn er ihn nicht finden sollte, braucht ihr auch nichts zu zahlen. Mehr könnte er nicht anbieten." Else: „Das hört sich doch Vernünftig an, was meinst du Heinz?" Heinz streckte schon dem Fahrer die Hand entgegen, um zu signalisieren, dass er einverstanden ist. Die Männer gaben sich das Wort. Dann meinte der Fahrer, wir sollen wieder einsteigen, er will mit uns wohin fahren, wo es noch schöner ist. Heinz hatte Bedenken wegen der Taxi Uhr, aber der Mann war sehr nett und meinte, wir machen eine Pauschal Preis und rechnen das denn mit dem Cousin zusammen ab. Daraufhin stellte er die Uhr einfach ab. Heinz konnte nicht schnell genug sehen, was da für ein Betrag zu sehen war. Sie fuhren weiter nach Bardolino, stieg aus und sagte: „Ich komme gleich wieder, ich frage mal, ob die noch Platz haben für zwei Personen." Schwupp, weg war er. Heinz und Else schauten sich an und verstanden nichts. Der Fahrer kam wieder raus und winkte den Beiden zu. „Ihr könnt hier eine Weinverkostung machen eine Kleinigkeit essen, ich habe es erst einmal ausgelegt für euch. Ihr braucht also nichts bezahlen. Else war als Erstes aus dem Wagen und ging schnellen Schrittes zur Tür. Heinz folgte ihr. Der Fahrer meinte zu Heinz: „Ich bin übrigens Andrea., und hole euch in zwei Stunden wieder ab. Heinz war so verdattert und sagte: Andrea?" Der Fahrer nickte.

Heinz sagte: Ich bin Heinz und die Dame, die gerade durch die Tür verschwunden ist, war Else." Andrea fuhr weg und Heinz holte Else ein und meinte: „Wüstest du, dass unser Fahrer eine Transe ist?"

Yaaba oder Donnerstag?

Werner bot nach dem Frühstück bei Kathi und Ole seiner Exfrau an, sie direkt in seine Suite zu bringen. Die sagte dankend zu, und beide machten sich auf den Weg. Im Auto war es sehr still. Keiner mochte etwas sagen

Dann brach sie das Schweigen: „Bist du glücklich mit deiner jetzigen Frau? Oder soll ich sagen Glücklicher?" Schon polterte er los. „Du hast mich doch verlassen, nicht ich dich, vergiss das nicht…..YAABA…..oder soll ich dich lieber Donnerstag nennen?" Seine Worte waren verletzend. „Sage einfach Vicky zu mir, so wie du es immer getan hast, Werner und sei nicht so verletzend zu mir. Das liegt alles schon Jahre zurück." „Ja, du hast ja recht, entschuldige bitte, Vicky. Ich war damals nur sehr enttäuscht von dir. Verschwindet einfach nach Afrika und gehst mit so einem zusammen. Das hatte ich nicht verstanden. Wir waren doch glücklich. Es war doch alles gut so, wie es war." „Siehst du, es war immer alles gut so, wie es war, mehr auch nicht. Ich wollte noch was erleben, Werner. Nicht nur Hausfrau und Mutter sein. Mit mir bist du nicht nach Afrika gefahren.

Immer nur an die Ostsee oder Nordsee. Holland war das Weiteste. Dann immer das gleiche, ich konnte nicht mehr. Ich musste einfach raus. Es tut mir leid, ich wollte dich nicht verletzen." Werner schaute zu ihr rüber. „Bist du denn jetzt glücklich mit deinem Mann mit eurer Ranch?" „Ja, wir sind glücklich, aber mein Mann ist von einem Löwen angefallen worden, der ihn ziemlich verletzte hat. Jetzt blieb die ganze Arbeit an mir hängen. Da geht uns das finanziell nicht mehr so gut und wir verschulden uns immer weiter. Wir können die Leute nicht entlassen, weil sie selbst Familie haben." „Ach, daher weht der Wind, du bist hier, weil du Geld brauchst?" „Denkst du das wirklich von mir? Du brauchst keine Angst zu haben. Ich habe meine Kinder gefragt, und die helfen mir aus meiner Misere, bis alles wieder läuft. Deshalb kommt Mike auch aus den USA nach Deutschland.

Dich würde ich nie fragen, habe ich damals nicht und würde es auch heute nicht." Werner sagte kein Wort mehr. Sie waren da und Werner holte den Koffer aus dem Auto und beide gingen ins Haus. Marius kam ihnen entgegen. „Hallo Marius, das ist Vicky, sie und auch noch mein Sohn Mike, der morgen ankommt sind meine Gäste. Sie wohnen in der Suite. Sie können und dürfen alles benutzen, was sie wollen, damit du Bescheid weißt." „Ja, alles klar Werner. Gestatten, mein Name ist Marius, wenn sie etwas wollen, nur kurz Bescheid geben unter der Nummer, 111. Das ist mein Pieper und ich kann sehen, von wo der Anruf kommt, herzlich willkommen." Vicky bedanke sich bei Marius und beide stiegen in den Fahrstuhl und fuhren nach ganz oben. In der Suite wunderte sich Vicky, das er die noch hat, obwohl er verheiratet ist und ein Haus mit seiner Frau hat. Werner sagte: „Manchmal kann ich eben nicht aus meiner Haut und ziehe mich hierhin zurück, gucke meine Sportschau und trinke mein Bier, statt Wein, du kennst mich ja." Verlegen schaute er nach unten. Werner wollte gerade wieder gehen, da drehte er sich an der Haustür nochmal um. „Hast du Lust mit mir heute Abend was essen zu gehen?" Vicky war verwundert, freute sich aber und sagte zu. „Dann bis um 18:00 Uhr. Ich hole dich ab." Er zog die Tür hinter sich zu.

Oma Thiel machte sich allmählich Sorgen, da hörte sie den Schlüssel in der Tür. Schnell tat sie so, als sei sie Beschäftigt. Werner sagte nur ein kurzes Hallo und verzog sich in die Stube, holte seine Zeitung vor und las. Elfriede war sauer: „Wo warst du denn die ganze Zeit?" Völlig genervt antwortete er: „Bei Ole und Kathi." Was vom Grund her stimmte. Er ließ nur aus, dass seine Exfrau auch da war.

„Warum sagst du denn nichts, ich wäre doch mitgekommen," maulte sie ihren Mann an. „Ich kann doch auch mal was allein machen, oder muss ich immer um Erlaubnis fragen?" Elfriede schaute ihren Mann an, als wäre er vor dem Bus gelaufen. „Wie bist du denn drauf?"

„Ach, lass mich doch einfach mal in Ruhe!" Er packte seine Zeitung wieder weg und verließ abermals das Haus. Diesmal wusste er nicht wohin und ging zu dieser Hannelore und Gottfried. Er dachte: ‚*Ich kann ja mal fragen, wie lange sie noch bleiben wollen. Irgendwie muss ich die Zeit bis 18:00 Uhr ja rumbekommen.*'

*H*ippies

Else und Heinz haben die Besichtigung
des Weinkellers nicht mitgemacht.
Beiden hatten Rückenschmerzen, haben
sie gesagt. Sie würden aber gerne schon
mit der Weinverkostung anfangen. Sie
hätten nur zwei Stunden Zeit. Beide
saßen am Tisch, als eine kalte Platte mit
Käse, Schinken, Weintrauben, Oliven
und noch so kleine Sachen gereicht
wurden. Heinz fragte: „Ist das
umsonst?" „Selbstverständlich der Herr,"
wurde geantwortet. „Gibt es denn auch
was Warmes zu essen?" Else gab ihren
Ellenbogen einen Schups und er landete
bei Heinz in der Seite. „Auer, ich kann
doch mal fragen, Menno." Dann wurden
ihnen vier Gläser mit einem bisschen
Wein serviert. Heinz: „Sie können die
Gläser ruhig vollmachen.

Der Wirt erklärte umständlich, dass es nur zum Kosten sei. „Ach so," sagte Heinz und goss den ersten Inhalt runter, ohne zu schwenken, zu riechen oder gar zu schmecken. Else fragte den verdutzten Wirt, ob er auch Bier habe, was er sauer verneinte. Auch sie nahm das eine Glas und schüttete es in das andere Glas. Das machte sie auch mit den anderen beiden Gläsern. Jetzt war ihr Glas voll und sie nahm einen richtigen Schluck. Danach meinte sie: „Schmeckt sehr erfrischend, kann ich bitte noch eins haben, aber bitte nur eins und voll, bitte randvoll." Heinz hatte die Pfützen auch schon aus und bestellte gleich eine ganze Flasche. Nach zwei Stunden hatten sie drei Flaschen Wein getrunken, zweimal das Essen nachbestellt. Der Taxifahrer kam rein und verzog das Gesicht, als er den Preis des Weines vom Wirt erfuhr.

Er bezahlte aber und verschwand mit den beiden betrunkenen Herrschaften nach draußen. Heinz und Else waren gut drauf und als sie hörten, dass der Schwager wahrscheinlich den Wohnwagen gefunden hätte, freuten sie sich. Heinz fragte nur noch mal nach. „War das nicht der Cousin?" Der Taxifahrer nickte. Dann konnte Heinz nicht anders und fragte den Fahrer, ob er eine Transe ist, weil er Andrea hieß. Selbstverständlich nicht. Andrea wäre in Italien ein Männername. Dann fuhr er die Zwei zu einem Campingplatz. Vor einem Wohnwagen saßen zahlreiche Hippies. Alle hatten Blumen in den Haaren und auch der Wohnwagen war mit Blumen beklebt. Heinz erkannte seinen Mercedes. Aufgebracht rannte er auf sein Auto zu und streichelte es, als wäre es eine Ziege. Else ging in der Zeit zu den Hippies und fragte nach einem Bier, was sie auch sofort bekam. Sie setzte sich auf einem Stuhl, weil sie nicht im Schneidersitz sitzen konnte, geschweige wieder aufzustehen. Heinz ging in den Wohnwagen und stellte fest, dass alle seine Sachen noch da waren. Erleichtert atmete er auf. Andrea diskutierte mit den Hippies und auch sein Cousin war eingetroffen. Es wurde geschrien, diskutiert und gestikuliert, wie halt bei Italiener so üblich. Heinz gönnte sich auch in der Zeit ein Bier. Nach einer Diskussion von circa dreißig Minuten kam Andrea und erklärte den Beiden, dass jetzt alles klar wäre. Sie könnten ihre Sachen jetzt wieder mitnehmen. Heinz war, genau wie Else nicht mehr fahrtüchtig. Um es genau zu sagen, sie waren randvoll. Der Cousin hatte ein Schreiben aufgesetzt, was Heinz unterschreiben sollte. Voll wie er war, tat er das auch. Die zwei sind daraufhin in ihr Wohnwagen gegangen und haben sich erst einmal auf Ohr gelegt, Rausch ausschlafen.

Else hatte es diesmal nichts ausgemacht, im Wohnwagen zu schlafen, geht doch.

*B*eim Lieblingsitaliener

Werner holte Vicky pünktlich ab. Sie hatte sich schick gemacht. Er war ganz angetan von ihr, dass er ihr sogar die Tür vom Auto aufhielt. Den hatte er, nachdem er völlig entnervt bei Gottfried und Hannelore raus was, ausgiebig geputzt. „Wo fahren wir hin?" Werner grinste: „Lass dich überraschen." Vicky grinste und wusste, dass er zum Italiener fährt. Genauso war es dann auch. Sie saßen sogar an ihren Lieblingsplatz.

Galant hielt er ihr den Stuhl hin, nachdem er ihr aus der Jacke geholfen hatte. Der alte Italiener begrüßte sie überschwänglich. Werner fragte: „Wein, wie immer?" Vicky nickte unsicher. Er merkte es und meinte: „Du bist selbstverständlich eingeladen." Ein wenig erleichtert strahlte sie und flüsterte: „Danke, das wäre doch nicht nötig gewesen."

Elfriede wurde unruhig. Sie dachte nach: ‚Erst ist er bei Ole und Kathi, dann nach zwei Minuten Zeitung lesen, ging er wieder raus, diesmal zu den Leuten, die er gar nicht mag. Dann putzte er sein Auto, als wäre es neu, über drei Stunden, danach kommt er ins Haus, geht duschen, parfümierte sich ein und sagt: „Es kann heute später werden. Ich konnte gar nicht fragen, wo er denn hinwill.

Er hatte den Pullover angezogen, den sie ihn geschenkt hatte. Den hatte er noch nie an. Ich glaube, ich gehe mal zu Kathi, vielleicht weiß die ja was.' Kathi war ein wenig im Stress, sie machte gerade den Kleinen fertig fürs das Bett. Der große maulte über das Abendessen. „Ich wollte gar nicht stören, wollte nur kurz fragen, ob du weißt, wo Werner ist?" Kathi guckte sie an. „Das kann ich dir nicht sagen, das weiß ich nicht. Vielleicht ist er nochmal in seine Suite gefahren, um nach Vicky zu sehen. Ruf doch mal da an." Elfriede schluckte. „Vicky, wer ist Vicky," sagte sie mit gepressten Lippen. „Na, meine Mutter. Mike kommt auch morgen, hat dir Werner nichts erzählt. Er war doch hier zum Frühstück. Da hatte er Vicky angeboten in seiner Suite zu wohnen, solange sie hier ist. Er hat sie doch noch hingefahren. Wir haben nicht soviel Platz hier. Das hatte sie auch eingesehen." Ohne weitere Freagen sagte Elfriede: „Ach ja, ich vergas es, stimmt ja. Wo habe ich nur meinen Kopf. Ich bin dann auch schon wieder weg, einen schönen Abend noch." „Ja Tschüss, du kannst aber gerne noch bleiben. Wenn ich die Kinder im Bett habe, können wir einen Wein zusammen trinken?" „Ne, vielleicht ein anderes Mal. Ich habe Kopfschmerzen und hatte gerade eine Tablette genommen. Die verträgt sich nicht so gut mit Alkohol." Okay, schade, dann Tschüss und gute Besserung." Oma Thiel ging raus und direkt zum Stall. Sie sah nach den Tieren und redete mit sich selbst. „Na, ihr kleinen Racker, wollt ihr noch etwas Leckeres zum Abendbrot?" Danach ging sie getröpfelt nach Hause. Sie war traurig und enttäuscht von Werner. Er hätte es ihr sagen sollen. Immer diese Heimlichtuerei. Ausgerechnet jetzt ist Else nicht da. Sie würde mich verstehen." Sie wählte die Nummer von der Suite. Keiner nahm ab. Sie wählte

die Nummer von Else, dann von Heinz.
Beide hatten ihr Handy aus. Oma Thiel
dachte: ‚*Was für ein beschissener Tag.*‘

✳

Die Zeit verging wie im Flug. Werner und
Vicky verstanden sich gut, wie früher. Sie
erzählten auch viel von früher und
lachten beide, bis ihnen die Tränen
kamen. Sie redeten nicht von ihren
Partner, die sie beide hatte, auch nicht
von Geld, was Vicky dringend benötigte.
Sie redeten nur von sich, von ihren
Kindern und beiden lachten, als würden
sie sich gerade erst kennen lernen. Bis in
die Nacht hinein. Werner hatte nicht
einmal an seine Elfriede gedacht und an
den Stress, den es eventuell geben
könnte, weil er mit einer anderen Frau
etwas essen ging.

*K*ater

Else wachte auf und hielt ihren Kopf, als wenn er gleich wieder runterfallen können. Sie schubste Heinz an, der neben ihr lag und schnarchte wie verrückt. Sie schaute sich um und bemerkte, dass sie in diesem komischen Campingwagen lag. Sie wollte gerade Heinz anschreien, da bemerkte sie, dass sie ihre Zähne nicht drin hatte. Sie sagte nämlich: Leile, statt scheiße." Schnell suchte sie ihre Zähne und wurde fündig. Es lag im Spülbecken neben dem schmutzigen Geschirr, einfach so. Sie machte sich ein Bier auf, was da noch so rumstand und spülte ihre Zähne damit sauber. Dann schob sie die ganze Pracht wieder in ihrem Mund." Ah, schon besser." Sie nahm einen kräftigen Schluck aus der Pulle.

Dann wühlte sie in ihrer Tasche nach Kopfschmerztabletten, warf zwei in den Mund und spülte wieder mit Bier nach. Nachdem sie ein Bäuerchen gemacht hatte, rief sie: „Heinz, Heinz aufwachen. Wir müssen hier weg, Heinz!" Heinz stand völlig neben sich. „Wie, was, es brennt, wo denn?" „Du sollst aufstehen, ich würde gerne hier wegfahren. Irgendwie ist mir nicht gut. Habe so ein ungutes Gefühl." „Oh ne, mein Kopf, der explodiert gleich." Else reichte ihm zwei Tabletten und gab ihn den Rest Bier. Dankend schmiss er sich die Pillen rein und trank das restliche Bier auf Ex. Else sah ein Blatt Papier, was in einer Hülle zwischen den leeren Flaschen standen. Sie nahm es und setzte ihre verschmierte Lesebrille auf. „Heinz, warum ist deine Unterschrift auf diesem Papier. Hier steht alles auf Italienisch, aber die Zahlen sind auf Deutsch." „Zahlen sind immer auf Deutsch, das ist in jedem Land gleich.

Egal, wo du bist, die Zahlen kommen immer aus Deutschland," sagte er besserwisserisch. Else sagte: „Dann kannst du bestimmt auch etwas damit anfangen, 2.380, - Euro für Caravan mit Automobile. 800,- Euro für Vino plus mangiare. 700,- Euro für Taxi, und 1.800, - Euro für den Cousin, der sehr viel auf sich genommen hat, um deine Karre wiederzufinden. Macht 5.680, - Euro. Donnerwetter, da hätten wir auch im Hotel unsere Hochzeitsreise machen können." Sie überreichte Heinz den Papierbogen. Der starrte darauf und meinte: „Diese Transe hat uns abgezogen, nicht mit mir. Ich gehe zur Polizei. Das zahle ich nicht, niemals. Darauf verwette ich meinen Arsch!" Else und Heinz machten sich auf den Weg, erst einmal zu verschwinden. Weg von dem Campingplatz. Zur Polizei wollte er sofort fahren, weil die immer noch seinen Führerschein hatten, aber mit der Fahne, die er hatte, wäre es besser, noch ein Tag zu warten. Deshalb fuhren sie nur erstmal weg. Else fragte: „Hattest du im Hotel wieder ausgecheckt?" Heinz schüttelte den Kopf. „Dann sollten wir das aber machen, sonst bekommen wir Ärger." „Von was soll ich das denn bezahlen. Hat Elfriede dir schon die 1000,- Euro überwiesen?" Else meinte: „Halt mal da, ich gehe mal zur Bank und frage nach." Heinz blieb diesmal im Auto sitzen. Nach 20 Minuten kam Else und hatte tatsächlich die 1000,- Euro von Werner und Elfriede erhalten. Damit fahren wir erst einmal zum Hotel und checken aus, damit wir nicht gesucht werden." Else wollte keinen Ärger in Italien. Heinz nickte und beide fuhren zum Hotel.

Mike

Werner kam irgendwann in der Nacht nach Hause und schlich sich ins Bett. Elfriede hörte ihn, stellte sich aber schlafen. Sie blickte zur Uhr. 01:30 Uhr. *‚So spät war es noch nie geworden, wenn sie zusammen weg waren. Vielleicht waren sie auch beide in der Suite und haben gekuschelt.‘* Werner schlief rasch ein und Elfriede stand auf. Sie konnte nicht neben einen Mann schlafen, der ihr fremdgeht. Sie schlief auf der Couch......mehr schlecht als recht. Sie trank noch ein Glas Wein und dann schlief sie gegen morgen endlich ein. Als Werner wach wurde, war das Bett neben ihn leer. Er war erleichtert. Hatte aber auch ein schlechtes Gewissen, wegen gestern. Er musste heute früh gleich mit Elfriede reden.

So war das auch nicht fair. Aber erstmal ging er ins Bad, duschte sich ausgiebig und zog sich an. Er freute sich, weil heute sein Sohn aus den USA kommen wird. Vielleicht kann Mike etwas machen wegen den Golfplatz. Als er fertig war, ging er in die Küche. Kein Mensch da. Der Frühstückstisch ist auch nicht gedeckt. „Elfriede…….Elfriede!" Nichts, es war alles ruhig. Dann ist sie bestimmt im Stall und kommt gleich. Dann mache ich eben das Frühstück. Werner deckte alles auf, machte Kaffee und kochte zwei Eier. Ihm ging durch den Kopf, wie ruhig es doch war, wenn Else und Heinz nicht da sind. Als alles fertig war, versuchte er Heinz anzurufen.

„Ja hallo," meldetete sich Heinz. Werner überschlug sich fast vor Freude. „Hey, du altes Haus, endlich erreiche ich dich mal. Ist alles klar bei euch?" „Ja, geht so, unser Wohnwagen haben wir mit Auto wieder.

Jetzt sollen wir aber 5.680, - Euro bezahlen dafür. Die Italiener sind alle Verbrecher, sag ich dir." „Was, so viel? Gehe doch einfach zur Polizei." „Würde ich ja gerne, aber die verstehen mich nicht. Die haben auch meinen Führerschein. Von eurem Geld haben wir erst mal unser Hotel bezahlt. Kannst du uns nochmal aus der Patsche helfen und so 6, besser 7.000, - Euro überweisen?" „Was, so viel Geld? Das habe ich nicht Heinz. Weißt du, meine Exfrau ist gerade da und die braucht auch Geld, dann habe ich für deine Verwandtschaft bezahlt, dann die Tausend mal eben so. Ich habe auch kein Geld mehr." Werner jammerte auf den höchsten Tönen. „Ja, gut, kann man nichts machen, dann fliehen wir eben vor der Mafia, kein Problem. Schöne Grüße noch von Else und auch an Elfriede, Tschüss!" „Nun warte doch mal, hallo, Heinz, bist du noch dran?"

Heinz hatte einfach aufgelegt. ,*Wieso fliehen sie denn vor der Mafia.*' Da Elfriede immer noch nicht da war, ging er zu Stall, da war sie nicht. Ole kam ihn entgegen. Er fragte nach seiner Frau. Ole schüttelte den Kopf. Sie ist schon vor einiger Zeit Richtung Bus gegangen. Vielleicht geht sie was einkaufen, oder zum Arzt." „Zum Arzt? Was hat sie denn?" „Weiß ich nicht. Kathi sagte, dass sie, als sie gestern bei ihr war, starke Kopfschmerzen hatte." Sie war bei euch?" Werner wusste jetzt, dass Elfriede Bescheid wusste. „Ah Okay, ich hole Mike nachher ab, dann bringe ich ihn erst mal hierher, damit er mit dem Bauherrn spricht. Vielleicht bringt es ja was." Betröppelt ging er wieder ins Haus und frühstückte.

Oma Thiel hatte mich angerufen und ich hatte ihr den Tipp gegeben, dass sie auf alle Fälle in die Suite fahren sollte und diese Vicky aufsuchte. Meistens ist das besser, als irgendwas von den Männern zu erfahren. Sie hatte ein flaues Gefühl im Magen, als sie klingelte. Eine sehr schöne Frau öffnete mir die Tür. „Ja bitte?" Elfriede war platt und sagte nichts. „Sie müssen Elfriede sein, sagte die Schönheit, wir kennen uns von Afrika. Ich saß da nur auf meinem Pferd. Kommen sie doch rein. Ich bin Vicky, die Exfrau von Werner." Völlig verdattert darüber, dass wir sie schon aus Afrika kennen und Werner nichts gesagt hatte, trat sie ein.

Beide unterhielten sich prächtig. Vicky erzählte Elfriede, dass sie gestern mit Werner beim Italiener waren. Ein bisschen geflunkert hatte sie schon.

Sie erzählte nicht, dass sie über alte Zeiten gesprochen haben, sondern dass sie in Geldnot steckt, weil ihr Mann vom Löwen angegriffen würde und Mike und Kathi ihr finanziell helfen wollen. Außerdem kam Mike noch wegen dem Golfplatz. Man merkte, dass ihr Werner von alledem nichts erzählt, hatte. Vicky war ganz in Ordnung stellte Elfriede fest. Sie rief Werner zu Hause an und fragte, ob er sie nicht abholen möchte, sie würde gerne mitkommen, wenn Mike landet. Der freute sich und Elfriede freute sich jetzt schon über das blöde Gesicht, wenn mit einem Mal zwei Frauen auf ihn warteten.

uf der Flucht

Else schrie: „Gib endlich Gas Mann, und schalte mal einen Gang höher. Wir müssen hier weg. Wenn die uns kriegen, hacken sie uns die Finger ab, ich schwöre es." Heinz wurde hektisch. Else machte ihn nervös. Er bekam Angst, wenn er seine Frau so reden hörte. „Hör auf mit deinen Spekulationen, du weißt doch gar nicht, ob die Mafia dahintersteckt. Das waren normale Hippies, weiter nichts." „Ich rede nicht von den Durchgeknallten, ich rede von Andrea und seinen Cousin. Kannst du dich noch erinnern, als er sich einmal vertan hatte und Schwager gesagt hatte. Dann die Großzügige Einladung in diesem Weinkeller. Die Taxi Uhr auszustellen, wie großzügig. Ich denke mal, das war alles geplant, und du fällst auf sowas rein." Else machte sich Luft.

Heinz seine Wangenknochen rieben sich. Das machte er immer, wenn er sich aufregte oder er wütend wurde. „Wenn du nicht mit diesem Penner mitgefahren wärst, hätte ich nicht meinen Wagen mit Anhänger in zweiter Reihe stehen lassen müssen. Aber die Dame musste ja ein Erfrischungsgetränk zu sich nehmen. War die Nacht mit deinem Lover so anstrengend? Eine beschissene Hochzeitsreise sage ich dir. Wären wir doch lieber zu Hause geblieben, bei Elfriede und Werner. Dann hätten wir diese ganzen Sorgen nicht. So einen Scheiß!" So, das reichte Else. Sie rief: „Anhalten sofort anhalten. Ich glaube, ich spinne. Du hast doch den ganzen Scheiß hier organisiert und nicht ich. Wenn du so einen vergammelten Wohnwagen mietest und auch Geld dafür bezahlst und jetzt jemanden Schuldigen suchst, weil du nicht fähig bist, mal ein paar anständigen Flitterwochen zu organsierten,

mit dem habe ich keine Lust mehr,
Heinz. Danke, das wars. Kannst dir eine
neue Braut suchen, ich bin raus. Halte
am nächsten Rastplatz an." „Was soll
denn jetzt der Scheiß Else. Beruhige dich
bitte wieder. Vielleicht habe ich ein
wenig überreagiert, tut mir leid. Ich
wollte nicht so schreien, ist ja gar nicht
meine Art. Hm, ist wieder gut?" „Nein,
halte bitte da an, ich bin raus." Langsam
rollte der Wagen auf den Rastplatz.
„Else, so beruhige dich doch mal." Else
öffnete die Tür, ging nach hinten in den
Wohnwagen und holte ihren Koffer, den
sie aus Platzmangel noch nicht
ausgepackt hatte und verschwand. Heinz
wartete, eine Stunde, zweite Stunde.
‚Sie wird sich schon wieder beruhigen,
dann kommt sie wieder.' Pustekuchen. Er
suchte den ganzen Parkplatz ab, von Else
keine Spur. Heinz übernachte auf den
Rastplatz, in der Hoffnung, dass sie
wieder auftaucht, aber Else war schon
über alle Berge. Heinz blieb noch zwei

ganze Tage am Rastplatz, aber seine Frau war nicht mehr da. Er ärgerte sich, dass er so ungehalten war und weinte sogar. Er trank den Biervorrat auf und nahm den Whisky und ließ sich volllaufen, wie das so bei Männer ist.

*F*amilie

Werner holte Vicky ab und war sehr überrascht, dass neben Vicky seine Elfriede stand. Mit knallroten Kopf stieg er aus. Statt guten Morgen, oder schön dich so sehen, kam nur: „Was machst du denn hier?" „Danke, ich freue mich auch dich zu sehen. Deine Exfrau war so lieb und hat mir alles erzählt. Hättest du mir auch sagen können, dass du wieder mit Vicky zusammen gehen möchtest, also mein Segen habt ihr. Holen wir jetzt Mike bitte ab, der wartet sicherlich schon." „Wie, was, wie kommst du darauf, dass ich wieder mit Vicky zusammen gehen will. Das habe ich mit keiner Silbe gesagt. Das stimmt nicht, und ich bin mit dir verheiratet Elfriede, das ist ein Missverständnis." Werner bekam Schweißperlen auf der Stirn. Vicky: „Ach?" Elfriede hatte mit Vicky so einen kleinen Denkzettel sich ausbaldowert. Werner hielt die Beifahrertür auf und Vicky drängte sich an Elfriede vorbei und sagte: Dankeschön, mein Schatz." „Äh, wieso Schatz, ich bin nicht dein Schatz." Elfriede setzte sich nach hinten und musste schmunzeln. Stumm fuhren alle drei zum Flughafen.

Das Flugzeug aus Atlanta kam pünktlich an.

Ein sehr gutaussehender junger Mann kam ihnen entgegen und strahlte. „Hallo, will mich keiner begrüßen?" Vicky reagierte als erstes. „Mike, Mensch Mike, ich hätte dich ja gar nicht wiedererkannt, Mann siehst du gut." „Was hier gut, verdammt gut, kommt eben nach seinen Vater, hä, hä. Komm her meine Junge und lass dich umarmen." Dann nahm er Elfriede in den Arm und sagte: „Hallo schöne Frau, so allein hier? Ich hätte Zeit für ein Date." Dabei strahlten seine Augen und seine weißen Zähne um die Wette. Elfriede freute sich: „Lassen sie mich mal kurz überlegen, ob zu Hause jemand wartet……nein……ich hätte Zeit,…..wenn sie wollen, ein ganzen Leben." Mike drückte sie etwas länger als die beiden anderen. Jetzt saß Mike neben seinen Vater im Auto und die Frauen zusammen hinten, sie tauschten Blicke aus und waren sich einig. Werner bekommt noch seinen Denkzettel.

Kathi war schon aufgeregt, ihren Bruder wiederzusehen. Sie hatte einen kleinen Imbiss vorbereitet. Ole hatte ihr die Kinder abgenommen und zum Stallausmisten eingeteilt. Das heißt der Größere, der kleinere saß im Heuhaufen und erfreute sich über das picklige Heu.

Oma Thiel ließ die Familie allein, damit sie über ihre Probleme sprechen konnten. Traurig ging sie zu ihrem Haus, setzte sich in die Küche und schenkte sich einen Ramazotti ein. Den brauchte sie jetzt. Sie wollte gerade ansetzten, als es an der Tür klingelte. Schnell versteckte sie ihr Glas und ging an die Tür. *,Vielleicht will Werner sie dabeihaben, dachte sie,'* verstummte aber sofort, um in nächsten Augenblick einen Jubelschrei rauszuschreien. „Else, verdammt Else, endlich bist du wieder da, du hast mir so gefehlt!" Sie nahm Else in den Arm und drückte sie ganz fest.

„Du wolltest doch den Ramazotti, den du noch schnell versteckt hast, doch nicht allein trinken, was? ich habe dich durch das Küchenfenster gesehen. Aber wenn du einen brauchst, dann wohl auch eine gute Freundin zum Reden. Da habe ich mir gedacht, ich Klingel mal." Beide lachten und Else schlürfe mit ihrer Tasche rein. „Ist Heinz auch da?" Else schüttelte den Kopf. „Keine Ahnung, wo er ist. Vielleicht steht er noch auf dem Parkplatz in Italien und wartet, das ich zurückkomme." „Wieso, was ist passiert?" „Erzähle ich dir später, erzähle du erst einmal und hole bitten den Ramazotti wieder raus." Oma Thiel holte noch ein zweites Glas und die Flasche mit, damit sie ungestört reden konnten. Elfriede erzählte alles über Werner und Vicky, die jetzt mit Mike und Kathi drüben sitzen und überlegen, wie sie ihr helfen können. Ich bin dann gegangen, gehöre ja nicht dazu.......anscheinend...."

Else erzählte dann ihre ganze Geschichte, von Anfang an, bis zu dem Zeitpunkt, als sie die Schnauze endgültig voll hatte und zurück getrampt ist. Heinz hat keine Ahnung, dass ich wieder zu Hause bin. Ich wollte auch den Schlüssel vom Haus haben. Freue mich schon, wieder in meinem Bett zu schlafen. Die Reise war definitiv zu anstrengend."

„Äh, du weiß, dass euer Haus besetzt, ist mit der Schwester vom Heinz mit seiner Frau. Die wohnen da zurzeit." Else schaute sie an, als wenn ich was Verruchtes erzählt hätte. „Die wohnen in meinem Haus? Dann schmeiße ich die eben raus, ganz einfach." Oma Thiel versuchte jetzt, nicht noch mehr Stress zu haben, also sagte sie: „Wie ist es denn, wenn du erst einmal bei mir wohnst. Dann können wir uns ein paar Überraschungen für unsere Männer planen. Na, was sagst du dazu?"

Else nahm ihr Glas und prostete ihrer Freundin zu. „So machen wir das."

Mafia

Heinz schlief tief und fest im Wohnwagen. Er hatte noch eine versteckte Flasche Whisky gefunden und entleert. Er hörte ein dumpfes Klopfen, ganz weit weg. Es wurde lauter. Es wurde regelrecht an der Tür gebollert. Völlig schlaftrunken öffnete er seine Tür. „Was ist?" Zwei Typen mit Sonnenbrillen standen vor seiner Tür und hielten einen Zettel in der Hand. „Du Schulden zahlen, schnell, sonst," er nahm seinen Daumen und ratschte an seinem Hals entlang. Schlagartig war Heinz wach. „Was habt ihr mit meiner Frau gemacht?"

Die beiden wussten nicht, worum es ging, taten aber so, als wenn das ein Zufall wäre und sie das für sich ausnutzten wollen. Einer sagte: „Es geht ihr gut, noch." Heinz sprang den einen Typen, der das gesagt hatte, sofort an. Der ging elegant an die Seite und Heinz landete im Dreck. Dreckverschmiert drehte sich Heinz zu den beiden um. „Was wollt ihr?" „Wir wollen, dass du deine Rechnung bezahlst.......jetzt......." Ich habe nicht so viel Geld. Der Taxifahrer hat mich übel aufs Kreuz gelegt. Das zahle ich niemals!" Heinz war aufgebracht, stand aber wieder auf, um seine Größe zu demonstrieren gegenüber den kleinen Italiener. Einer schob sein Jackett zur Seite und Heinz starrte auf eine Pistole, die er im Halfter darunter trug. „Schon gut, sagte er, ich zahle ja, aber erst muss meine Frau wieder hier sein!" „Erst Geld, dann Frau, sonst......"

Er zeigte wieder seine Pistole. „Okay, schon gut. Ich versuche mir das Geld zu leihen, ein, zwei Tage sollten es schon sein." Die Italiener schauten sich an und nickten. „Morgen kommen wir wieder. Abends, dann Geld da." Heinz nickte, aber fragte: „Wie geht es meiner Frau?" „Deiner Frau geht es super, also bis morgen." Dann setzten sie sich in einem Lamborghini und brausten davon. Heinz zog zittert sein Handy aus der Tasche, versuchte Else zu erreichen, aber das Handy war aus. Dann rief er Werner an.

Werner saß gerade mit seinen Kindern und seiner Exfrau beim Gespräch zusammen, nahm aber trotzdem ab, als er sah, dass es Heinz war. „Hallo Heinz, ich kann jetzt nicht, kann ich dich später zurückrufen?" „Du Werner, du musst dringend eine Rechnung von mir bezahlen, sonst erschießen die mich und Else haben sie auch. Gibt mal deine Nummer, dann faxe ich dir das durch.

Bitte sofort bezahlen. Bekommst das Geld wieder, wenn wir wieder zu Hause sind, versprochen. Es ist wirklich wichtig, dass du das heute machst, Werner. Werner? Bist du noch dran?" Kathi war dran und gab ihn ihre Faxnummer durch und versprach, dass Werner die Rechnung heute noch bezahlt." Beruhigt legte Heinz auf und ging in das Kaffee, um da das Fax gleich zu verschicken. Danach holte er sich eine Flasche Whisky und betrank sich und jammerte seiner Else hinterher.

Kathi gab Werner das Fax. Der verdrehte die Augen. „Das sind alles Summen, die wir benötigen. Von dem Geld hätten die auch einen Luxusurlaub machen können und sich nicht so eine alte Klitsche leihen sollen." Werner dachte nach: *Ich brauche eine Menge Geld,*

ich kann das nicht alles den Kindern überlassen, ihrer Mutter zu helfen. Wie mache ich das denn nur.'

Währenddessen haben Oma Thiel und Else ein Gläschen Sekt zu viel getrunken. Beide waren gut drauf. Was hatte Elfriede das vermisst. Else meinte doch jetzt mal die neuen Nachbarn zu begrüßen. Schließlich ist Hannelore ihre Schwägerin. Außerdem war sie neugierig auf diesen Gottfried. Gutgelaunt nahmen es beide in Angriff. Elfriede rannte noch schnell zurück, um noch schnell eine Flasche Sekt mitzunehmen. Else ging schon vor und klingelte. Hannelore öffnete, sah Else und meinte in barschen Ton: „Wir kaufen nichts," und knallte die Haustür wieder zu. Elfriede kam angerannt: „Und, keiner da?" „Doch, die Dame dachte, ich komme zum Betteln und schmiss mir die

Tür vor der Nase wieder zu." Oma Thiel
fühlte in ihrer Tasche und gab Else ihren
Haustürschlüssel. Die grinste und schloss
einfach die Tür auf. Beide gingen rein.
Else ging in die Küche und holte sich
eine Flasche Bier aus dem Kühlschrank.
Sie musste mal was erfrischenden
zwischendurch trinken. Oma Thiel ging
weiter in die Stube und da lag auf der
Couch Gottfried in Unterhose und
Unterhemd. Vor ihm stand eine Flasche
Bier. Als er Elfriede sah, sprang er sofort
auf. Elfriede, wie kommst du denn hier
rein?" Jetzt stand Else neben ihr mit der
Flasche in der Hand nahm sie einen
großzügigen Schluck. Als dann noch das
Bäuerchen kam, hielt sie ihren Schlüssel
hoch. „Das hier ist mein Haus,
verschwindet, aber schnell, sonst hole
ich die Polizei. Gottfried wurde rot und
suchte nach einem Kissen, was er vor
seiner schmutzigen Unterhose halten
konnte. Dann schrie er: Hannelore,
kommst du mal bitte, aber schnell!"

Hannelore kam die Treppen runter. „Was will die denn hier, die soll woanders Haussieren. Verschwinden sie hier aus meinem Haus!" „Äh, Hanne, ich glaube, dass ist ihr Haus, sie hat einen Schlüssel." „Ach Gottchen, der Kleine kann ja denken," sagte Else sarkastisch. Gottlieb merkte, dass sie sogar seinen Spitznamen wusste, woher bloß? „Ich bin Else, mein Mann ist Heinz und du müsstest Hanne sein und du, sie zeigte auf Gottfried, der liebe Gott in Unterhose und mein Bier in der Hand." „Ach, dann bist du die Frau vom Heinz? Entschuldige bitte, das habe ich nicht gewusst. Hallo erst mal." Else schüttelte den Kopf: „Ne, nicht ich bin nicht die Frau vom Heinz, sondern Heinz der Mann von mir, gell?" Beide schauten sich verwirrt an. „Nun ziehe dir erst einmal etwas anderen an und dann unterhalten wir uns mal in Ruhe." Else setzte erneut ihre Bierflasche an. Oma Thiel wedelte mit der Sektflasche.

Werner war in der Zeit drüben und wollte kurz mit seiner Frau reden, wegen dem Fax und ob wir Vicky nicht helfen könnten, aber es war keiner da. Missmutig ging er wieder rüber und musste daher jetzt selbst entscheiden, aber zuerst überwies er die Rechnung seines Freundes.

Erleichterung

Am nächsten Morgen hämmerte sein Kopf. Völlig verkatert wachte Heinz auf. Sofort sprang er hoch. „Else, Else, bist du da?" Aber es blieb ruhig. Das Geld war überwiesen und nun musste er nur noch abwarten, dass die beiden Männer seine Else wieder bringen. Die Zeit verging und keiner kam. Weder Else noch die Männer. Er rief noch mal Werner an, ob er die Rechnung bezahlt hatte, hatte er. Heinz wollte Werner sein Herz ausschütten, aber der hatte keine Zeit. Heinz war traurig, hatte er alles kaputt gemacht mit seiner frisch Vermählten? Er beschloss noch einen Tag zu warten und dann würde er einfach wieder nach Hause fahren. Allein in Italien war blöd. In Deutschland würde er dann eine Vermisstenanzeige aufgeben. In Italien hörte ihm keiner zu. Obwohl er noch seinen Führerschein bei der Polizei hatte. Er würde denen einfach sagen, die sollen ihn nach Hause schicken, das dürfte ja kein Problem sein.

Werner war am gestrigen Abend spät nach Hause gekommen. Seine Frau schlief schon. Er stieg zeitig aus dem Bett und machte Frühstück für sich und seiner Elfriede. Er ging sogar raus und pflückte ein paar wilde Blumen, die er allerdings ohne Wasser in die Vase quetschte. Er wusste nicht, dass nebenan Else geschlafen hatte. Es deutete auch nichts daraufhin. Als Oma Thiel in die Küche kam, war alles gedeckt. Sie sagte nur: „Guten Morgen."

„Guten Morgen Liebes," versuchte Werner die Wogen zu glätten. „Hast du gut geschlafen, mein Engel?" Oma Thiel gab keine Antwort, dafür aber Else, die in die Küche schlenderte. „Es geht, das Bett ist nicht so bequem, aber man will ja nicht meckern. „Else, was machst du denn hier? Wieso bist du nicht bei deinem Mann. Der macht sich Sorgen, dass du entführt worden bist. Ich habe eine Stange Geld bezahlt, um dich freizukaufen.

Und Madame marschiert hier in die Küche, als wäre nichts. Sage mal, spinnst du?" „Wie redest du denn mit mir. Du hast keine Ahnung, was ich alles mit durchmachen musste." Else holte sich eine Tasse aus dem Schrank und goss sich Kaffee ein. Werner holte sein Handy raus und rief umgehend Heinz an. Das ärgerte Else. Sie wollte, dass er noch ein bisschen schmorrt. „Hallo Heinz, wollte dir nur mitteilen, dass Else hier bei uns ist. Es ist alles in Ordnung. Kannst wieder nach Hause kommen." Man hörte Heinz durch das Telefon. „Gottseidank, dass die Typen sie freigelassen haben. Ich habe mir solche Sorgen gemacht!" „Ja, meinte Werner, wir sind auch froh, dass Else wieder da ist." Dabei schaute Werner Else wütend an, sagte aber nichts, weil er seinen Freund nicht verärgern wollte. Das sollten die beiden selbst ausmachen.

Er hatte genug mit seiner Frau und seiner Ex zu tun. Schließlich musste er Elfriede noch gestehen, was er gemacht hatte. Oma Thiel fand das nett vom Werner, dass er Heinz nichts gesagt hatte, aber vielleicht passt es jetzt auch besser zu ihm, öfter mal nichts zu sagen. Mit den Worten: „Ich lasse euch mal allein," ging Werner und verließ das Haus.

Heinz war erleichtert, dass seine Else aus den Fängen der Mafia rausgekommen war und fuhr jetzt fröhlich Richtung Heimat. Er betete, dass nichts weiter passieren dürfte, weil er die Reise ja ohne Führerschein fortsetzte.

Kumpel

Werner ist der Meinung, dass er alles richtig gemacht hatte, aber er war unsicher, weil er noch nichts seiner Frau erzählt hatte. Er dachte nach: ,*Das hat auch noch Zeit bis morgen, jetzt muss ich erst einmal mit Mike zu seinen alten Kumpel. Das ist der, der den Golfplatz baut.*' Mike war sichtlich entspannt und Werner aufgeregt. Sie gingen beide zur Baustelle, nicht um vorher sich noch jeder einen Bauhelm von Ole geliehen zu haben. Als sie ankamen, fuhr gerade ein dicker BMW vor. Der fuhr fast Werner um. Weil es so laut war, hörte Werner den Wagen nicht. Erst als der laut hupte. Werner sprang zur Seite und pöbelte sofort los: „Können sie nicht aufpassen, sie Rüpel. Sie sehen doch, dass wir hier langlaufen!" Mike drehte sich um und erkannte seinen Kumpel, als der den Kopf aus dem Seitenfenster hielt. „Hey, Sonnyboy, immer noch der Alte, was?" Der Fahrer schaute den Mann genauer an. „Mike, bist du das? Warte......er stieg aus......Tatsächlich Mike, was machst du denn hier, alter Schwerenöter?" Beide lagen sich in den Armen. „Was machst du hier?" „Ich muss mit dir reden John, darf ich dir meinen Vater vorstellen? Das ist Werner, Werner, das ist Mike Pitsch, früher als Sonnyboy bekannt und sein Spitznamen ist Pitschi, weil er den gleichen Vornamen hat, wie ich. Pitschi gab Werner die Hand: „Tut mir leid, mit eben, wollte sie nicht erschrecken." „Ist schon Ok, wir können uns duzen, ist einfacher." Pitschi war erleichtert. Mike meinte: „Hast du Lust heute etwas essen zu gehen? Dann reden wir mal über alte Zeiten und vor allem, was du hier Bauen willst........" „Klar, gerne, um 20:00 Uhr?" „Ok, meinte Mike, hole mich doch einfach in der Altenresidenz

Glückseligkeit ab." „Seit wann lebst du im Altenheim?" „Erzähle ich dir alles beim Essen, also Tschau und bis heute Abend." Sie verabschiedeten sich. Werner fragte auf dem Heimweg: „Soll ich lieber mitkommen heute Abend?" Mike schüttelte energisch den Kopf. „Nein, ich will erst mit ihm über alte Zeiten reden, da passt es nicht, aber danke für deine Hilfe." Werner fuhr Mike in seine Suite, nicht, um noch schnell Vicky Hallo zu sagen. Dann fuhr er mit gemischten Gefühlen nach Hause. Er musste dringend mit Elfriede sprechen.

Oma Thiel fragte schon gar nicht mehr, wo Werner jetzt her kam oder ob er zum Essen nach Hause kommt. Sie beachtete ihn gar nicht. Kleinlaut fragte er: „Elfriede, ich würde gerne mal mit dir sprechen, hast du Zeit?" Oma Thiel hatte sich mit Else abgesprochen, deshalb sagte sie: „Tut mir leid, aber ich bin verabredet heute. Du brauchst auch gar nicht auf mich zu warten, es wird sicherlich spät." „Wieso, wo willst du denn hin?" „Das, mein Lieber geht dich gar nichts an, aber wenn du es genau wissen willst, ich treffe mich mit Elias, er hat mich zu essen eingeladen." „Elias, wer ist denn das?" „Kennst du nicht und das musst du auch nicht. Du bist ja eh mit anderen Dingen beschäftigt." „Ist das dein neuer Lover, oder was?" „Kann schon sein, das werde ich heute Abend sehen, mein lieber Werner." Damit drehte sie sich um und ging ins Bad, um sich aufzubrezeln. Werner war schlecht. Sein Magen dreht durch, nach dieser Nachricht. Er legte sich in der Wohnstube auf die Couch und las seine Zeitung. Nach neunzig Minuten kam Elfriede an ihm vorbei und sah aus, wie aus dem Ei gepellt. Werner starrte sie mit offenen Mund an, sagte aber nichts.

Elfriede ging nach draußen und setzte sich ins Taxi und brauste los. Werner blieb allein zurück und verstand die Welt nicht mehr. ‚*Wird Zeit, dass Heinz wieder kam, ich brauche dringend einen Freund zum Reden.*‘

In der Stadt stieg Elfriede aus und ging zum Italiener, da wartete ihr Elias, also Else, Vicky und Conny kam auch dazu. Zusammen aßen wir zu Abend. Oma Thiel fand, dass er einen kleinen Denkzettel verdient hatte, so wie er sie in den letzten Tagen benommen hatte. Da erfuhr Elfriede auch, was Werner so dringend mit ihr besprechen wollte. Er hatte seine Suite verkauft, die ja zur Hälfte ihr gehörte und er auf ihre Unterschrift angewiesen war. Vicky erklärte die gesamte Lage. Else bestätigte, dass Werner Heinz auch eine Menge Geld gezahlt hatte, weil der dachte, ich wäre entführt worden von der Mafia.

Oma Thiel erzählte, dass er den gesamten Einkauf von den Schmarotzern bezahlt hätte, weil sie ihn ausgetrickst hätten. Vicky erzählte wiederum, dass die Kinder ihr helfen wollten, aber Werner es nicht zulassen wollte, dass sie ihr soviel Geld gaben. Ich mischte mich ein und meinte: „Eigentlich wollte Werner ja nur helfen, aber tollpatschig wie er war, machte er ein Riesengeheimnis daraus. Darf ich fragen, um welche Summe es sich dreht?" Vicky war es unangenehm, aber sagte: „100.000 Euro. Wir müssen die Farmer bezahlen und ihr Mann fällt noch gute vier Wochen aus." Else pfiff durch die Zähne. „Eine Stange Geld." Oma Thiel wurde ruhig. „Hat Werner denn einen Käufer für die Suite? Und was bekommt er dafür?" Vicky trank erst einen Schluck Wein, bevor sie antwortete. „Er hat einen Käufer und der würde 340.000 Euro bezahlen. Werner wollte 400.000 Euro."

Jetzt pustete ich die Luft aus. „Eine Stange Geld, wenn man bedenkt, dass euer Haus weniger Wert hat als die Suite." Oma Thiel: „Ich denke mal, es bleibt das ganze Inventar drin. Es ist alles Senioren gerecht eingerichtet und der pure Luxus." Vicky wieder: „Ein Ehepaar, das dort schon wohnt, möchte die Suite gerne haben. Werner wollte das erst mit dir, Elfriede besprechen." „Ach deshalb wollte er mit mir reden, ich verstehe." Jetzt hatte Oma Thiel doch ein schlechtes Gewissen. Vicky meinte: „Es wäre völlig Okay, wenn du das nicht willst, dann springen meine Kinder ein, ist auch gut." „Wieso, ich hatte bisher ja nicht verstanden, warum er die Suite noch hatte. Er hatte doch ein Zuhause. Ich weiß genau, dass er sich nur mit Heinz dahin zurückzog, damit sie in Ruhe die Sportschau gucken können und ihr Bier trinken konnten. Ich hatte ihn selbst mal gefragt, warum er die Suite nicht verkaufe.

Er könnte sich doch hier im Haus, den Keller ausbauen, wenn er unbedingt, mal seine Ruhe braucht." Ich konterte: „Das ist überhaupt die Idee. Wenn wir alle mithelfen, machen wir aus der Rumpelkammer ein Männerzimmer mit Fernsehen und Kühlschrank für Bier." Else fand die Idee auch gut und ergänzte: „Und das Gleiche machen wir bei uns und planen ein Frauenzimmer, wo nur die Mädels Zutritt haben." „Oh ja, meinte Oma Thiel, das ist es doch. Also bin ich einverstanden und du Vicky bekommst dein Geld." Vicky umarmte Oma Thiel und hatte Tränen in den Augen.

*P*itschi

Mike freute sich auf Pitschi, sie haben sich früher immer gut verstanden. Er kam mit seinem dicken BMW. Da Mike hier in Deutschland keine Auto besitzt, ließ er sich abholen. Er wollte nicht den alten Mercedes von seinem Vater nehmen. Außerdem konnte er dadurch ein Bierchen trinken. Sie begrüßten sich herzlich und fuhren zum Chinesen zu essen. Danach wollten sie noch in eine Bar. Beim Chinese erzählte Mike, dass er in einer gehobene Stellung im Krankenhaus arbeitete und er da glücklich sei, auch wenn er noch keine Zeit für eine Freundin hatte. Ganz anders war Pitschi. Er war verheiratet und sie hatten einen kleinen Sohn vor drei Monaten bekommen. Alles gesund und munter.

Dann kam er automatisch auf das Grundstück zu sprechen, was gerade zum Golfplatz umgebaut wird. Mike hakte gleich nach. „Wer ist denn auf die Idee gekommen, da einen Golfplatz zu bauen und dann noch so riesengroß?" „Besser einen Golfplatz als ein Einkaufzentrum. Das wurde ganz knapp entschieden. Ich war froh, dass ich diesen Zuschlag bekommen habe. Und für die alten Leute ist das doch auch gut. Es bleibt alles grün, es ist kein lauter Sport und die Alten würden einen Rabatt bekommen, wenn sie sich da anmelden. Du musst das mal von der Seite sehen." Pitschi nahm einen Schluck von seiner Cola. Mike erwiderte: „Ja, da magst du Recht haben, aber ein Einkaufscentrum, wo die Leute einkaufen könnten, wäre auch ein Vorteil." „Sehe ich nicht so. Wie machen die alten Leute das denn jetzt?" Mike wurde rot und dachte: ‚Stimmt, da habe ich noch gar nicht über nachgedacht.'

Pitschi redete weiter: „Weißt du, ich will echt keinen Stress mit euch haben. Ich wette, hinterher sind die Rentner froh, dass sie mal eine Abwechslung haben." Mike musste einsehen, dass sein Kumpel Recht hatte. Alte Leute meckern andauernd, nichts kann man ihnen recht machen, deshalb sagte er: „Ich werde nochmal mit meinem Vater sprechen, vielleicht wird ja doch alles gut." Mike zahlte und sie gingen in einem Naheliegenden Club. Das Thema wurde nicht mehr angesprochen für erste.

Heinz fuhr mit seinem Wohnwagenanhänger auf dem Platz der Jungens. Thiemo kam ihn entgegen, die anderen waren schon weg. „Hallo Heinz, das waren aber keine vier Wochen und wo hast du Else gelassen?" Heinz regte sich: „Die ist schon zu Hause und wartet sicherlich schon auf mich.

Ich wollte den Anhänger wieder zurückgeben. Sauber mache ich den in den nächsten Tagen. Bin noch nicht dazu gekommen." „Alles klar Heinz, warte ich helfe dir." Danach fuhr Heinz freudig nach Hause. Er parkte sein Wagen, ließ alle Klamotten drinnen und wollte nur noch seiner Else in die Arme nehmen. Er sah Licht zu Hause. Er musste klingeln, weil er keinen Schlüssel hatte. Den hatte sie bei Werner und Elfriede gelassen für den Notfall. Eine für ihn Fremde öffnete die Tür. „Else……..äh…..wer sind sie denn?" „Mensch Heinz, mein Bruderherz, da bist du ja wieder!" Sie nahm Heinz in die Arme und zog in die warme Stube. Auf seinem Sofa saß Gottfried und trank sein Bier. Heinz wurde nervös. „Wo ist Else und was macht ihr hier, verdammt noch mal und wieso trinkst du mein Bier?" Hanne lief schnell zum Kühlschrank und holte Heinz ein Bier. Er trank einen großen Schluck, dann setzte er sich in den Sessel.

Hanne meinte: „Else war auch schon hier, eine sehr nette Frau hast du da. Ich glaube, sie wollte mit dieser Oma weg, wie hieß die noch?" „Thiel, sie heißt Oma Thiel, oder Elfriede. Ohne ein weiteres Wort trank Heinz sein Bier aus, und ging raus. Er zog hinter sich die Tür zu. Zwei Minuten später klingelte er bei Werner. Der öffnete und reif: „Mensch Heinz, endlich bist du wieder da, ich habe dich so vermisst. Wo hast du denn Else gelassen......? Ach, komme erst mal rein, lass uns das erste gemeinsame Bier trinken. Die Männer freuten sich und es blieb nicht bei einem Bier. Sie bestellten sich Pizza und ausgelassen genossen sie den Abend.

Knopf

Wir hatten einen wunderschönen Abend. Vicky war erleichtert, das Elfriede zu dem Kauf der Suite einverstanden war. So bekam sie ihre 100.000 Euro und konnte schon zurück nach Afrika und alles regeln. Ich fuhr die Damen noch nach Hause und fuhr dann selbst auch heim. Als Elfriede aufschloss, stank es fürchterlich nach Alkohol und Schweiß. Beide hielten sich die Hand vor dem Mund und sahen das Übel. Werner lag auf dem Sofa und Heinz hatte sich das im Sessel gemütlich gemacht. Er schnarchte mit einer Flasche Bier in der Hand, die aber Gottseidank leer war. Elfriede machte Else ein Zeichen, dass sie leise sein sollte und legte ihren Zeigefinger auf ihre Lippen.

Sie verstand sofort und beide gingen nach oben, schminkten sie ab und legten sich schlafen.

Am nächsten Morgen schreckte Werner hoch. „Wo bin ich, Elfriede, bist du da?" Dann hämmerte sein Kopf und sah Heinz im Sessel schnarchen. Er stand auf und weckte ihn. „Heinz, aufwachen, wir sind gestern versackt, Heinz, wach auf!" Langsam kam Heinz zur Besinnung. „Auer, oh, ahhhh……was tut mir der Rücken weh. Und mein Kopf. Ich fühle mich, als wäre ein Bus über mich weggerollt, shit."

„Wir müssen schnell aufräumen und Frühstück machen, bevor die Frauen kamen." Werner schaute auf die Uhr. 08:10 Uhr. Wieso war seine Frau immer noch nicht zu Hause. Die ist bestimmt mit diesem Elias unterwegs. Ich könnte nur kotzen!" Er ging nach oben und wollte sich frische Sachen aus dem Schrank nehmen, um dann in die

Dusche zu springen. Da erschrak er. Denn seine Elfriede schlief darin und daneben schlief Else. Leise schloss er die Tür wieder und schlich nach unten.

„Heinz, unsere Frauen schlafen oben im Schlafzimmer ganz selig." Werner strahlte. Heinz polterte gleich los: „Else? Die schläft oben, na, da gehe ich sie doch gleich mal wecken, habe eh eine Morgenlatte." Zur Verdeutlichung hustete er nochmal seinen Schleim ab. „Heinz, Mensch Junge, reiß dich mal zusammen. Du denkst doch nicht, was alles zwischen euch war, wartet sie auf einen stinkenden Mann, der zufällig eine Morgenlatte hat, die eh nur drei Minuten hält, dir zur Verfügung zu stehen?" „Nicht?" „Nein, natürlich nicht. Außerdem stinkst du. Sie dich doch mal an." Heinz roch an seinem Pullover, wo noch die letzten Essensreste von der Pizza zu sehen waren. Er roch unter seinem Arm.

„Es geht, also schlimm finde ich das nicht." Werner verdrehte die Augen. „Komm, wir räumen schnell auf, dann gehen wir duschen, ziehen uns etwas Vernünftiges an und bereiten Frühstück vor." „Na gut, wenn du meinst," maulte Heinz und fing ganz langsam an, die Pappkartons von der Pizza zu entsorgen.

Pitschi und Mike hatten fast die ganze Nacht durchgemacht. Gegen morgen hatte Pitschi Mike einfach mit nach Hause genommen und im Gästezimmer untergebracht. Mike wurde wach und hatte einen dicken Schädel. Der letzte Cocktail war eindeutig schlecht. Er hörte eine Frau, die um Hilfe schrie. Jetzt war er hellwach. Er schoss aus dem Bett und riss seine Tür auf. Ganz eindeutig schrie eine Frau. „Lino, bitte Lino.......!" Aus dem anderen Zimmer kam Pitschi raus. „Was ist los?" Mike reagierte als erstes und rannte die Treppen runter. Er erkannte die Situation. Der Kleine hatte was im Hals und bekam keine Luft. Sofort nahm Mike den Jungen und setzte den Heimlich-Handgriff an. Pitschi schrie ihn an: „Was machst du denn da, du bringst mein Kind ja um!" Er versuchte Mike von seinem Sohn erlösen, aber Mike machte immer wieder die Bewegung von hinten, bis ein Knopf im hohen Bogen über den Tisch flog. Dann klopfte Mike noch zusätzlich auf den Rücken. Lino schrie auf. Erst jetzt bemerkten Pitschi und auch seine Frau, dass Mike ihren Sohn vor dem sicheren Tod gerettete hatte. Die Mutter nahm theatralisch ihren Lino in den Arm. Der Vater sah nach seinem Sohn und bemerkte, es ging ihm wieder gut.

„Du hast einen gut bei mir Mike, wenn du nicht gewesen wärst…….oh Gott, ich möchte gar nicht weiter denken. Ich danke dir Kumpel.

Die Frau schaute ihn an und fragte ihren Mann: „Wer ist das?" Alle lachten jetzt. „Das ist Mike, mein alter Studienkollege. Wir kennen uns schon Jahre. Er ist Chefarzt in einem großen Krankenhaus in den USA. Mike, das ist Vivien, meine Frau." Dann setzt er sich erst einmal. Beim Frühstück sagte Pitschi: „Ich glaube, wir sollten uns nochmal unterhalten, was den Golfplatz angeht, und zwar mit Ole, deinen Vater, du und ich. Heute Nachmittag?" Mike dachte nach und sagte zu. „Gut, wir treffen uns bei Werner im Haus." Ich habe eine Idee, der du nicht abgeneigt sein wirst, warte es mal ab, mein Freund.

Krämerladen

Werner hatte sich mit Elfriede geeinigt, dass erst einmal Ruhe einkehrt, solange das Thema besprochen wird, was dieser Pitschi uns vorschlägt. Oma Thiel wollte dabei sein und auch Else hatte sie eingeladen dazubleiben, bevor sie mit Heinz spricht, wie es nun weiter ging mit den beiden. Else hatte sich rasant angezogen. Ihre Freundin war überrascht: „Else, wie siehst du denn aus, wir gehen nicht auf eine SM-Party. Ziehe bitte die Ledersachen aus und ziehe dir etwas Biederes an." „Etwas Biederes, sowas besitze ich nicht, vielleicht noch ein Kostüm, oder so, was?" Else grinste sich einen, weil sie ihre Freundin gar nicht für voll nahm. „Warte, ich gebe dir was von mir." Elfriede verschwand ins Schlafzimmer und drückte Else etwas in die Hand.

„Nun beeile dich bitte, Herr Pitsch wird gleich hier sein und wir wollen doch einen guten Eindruck machen." Verdattert ließ sie Else stehen, und ging noch kurz ins Bad, um ihre Haare zu richten. Dann ging sie nach unten. Werner hatte schon auf sie gewartet. Er hatte einen Anzug an. Es klingelte an der Tür. Werner schaute seine Frau an und nickte, dann öffnete er die Tür. Es war Mike, in Jeans und T-Shirt. „Wie siehst du denn aus?" Sein Vater war entsetzt. „Wieso, es kommt doch nicht der Scheich von Duba, sondern Pitschi. Ihr seid total Oberdress angezogen." Es klingelte abermals. Ole kam rein mit seinen Arbeitsklamotten. Oma Thiel verdrehte die Augen und meinte: „Ich ziehe mich wieder um, das ist mir sonst zu blöd." Sie ging die Treppen wieder hoch und rief Else im Bad zu. Du kannst anziehen, was du willst. Es wird um Legere Kleidung gebeten."

Dann verschwand sie im Schlafzimmer und zog sich eine Jeanshose an und eine Bluse. Werner kam auch ins Schlafzimmer und fragte: „Darf ich?" Elfriede nickte. Auch er zog eine Jeans an und ein Hemd dazu. Ein bisschen Anstatt muss sein. Es klingelte abermals an der Tür. Beide liefen sie runter, aber Mike hatte schon die Tür geöffnet. Pitschi kam rein und was hatte er an? Einen Anzug ohne Krawatte. Er hielt einen Blumenstrauß in den Händen und überreichte Elfrieden diesen mit den Worten: „Einen schönen guten Tag Frau Thiel." Sie lächelte. „Wir können uns gerne duzen Herr Pitsch." „gerne, ich bin der Mike oder besser Pitschi, sonst weiß Mike nie, ob er gemeint ist." Werner ärgerte sich, dass er auf seinen Sohn gehört hatte. Gerne hätte er jetzt auch seinen Anzug an. Ole schlug vor, dass sich alle in die Küche setzten, weil da mehr Platz war und er mit seinem schmutzigen Klamotten in der guten Stube nichts schmutzig machen wollte. Elfriede verzog das Gesicht und meinte: „Du hättest ja wenigstens heute etwas Vernünftigen anziehen können. Die Wohnstube habe ich extra aufgeräumt, die Küche nicht." Es hörte ihr aber keiner zu und alle setzten sich zu Tisch. Elfriede bot einen Kaffee an und als alle ihren Kaffee tranken, betrat Else die Küche. Pitschi verschluckte sich am Klaffe, den er gerade zu Mund geführt hatte. Werner hatte sein Mund offen, ebenso Elfriede. Für Ole ein gewohntes Bild und Mike grinste sich einen und meinte: „Hallo schöne Frau, wie ich sehe, geht es dir gut. Du siehst wieder blendet aus." „Danke mein Lieber, willst du mir nicht den jungen hübschen Mann vorstellen?" Else, das ist Pitschi und das, er zeigte auf Else, ist Else, immer für einen Spaß zu haben. Man sieht ihr ihre acht……."

Weiter kam er nicht, weil Else ihn über den Mund fuhr. „Hallo schöner Mann," sagte sie und gab brav die Hand. Pitschi sah eine junggebliebene ältere Frau, in zerrissenen Jeans, ein Lederbustier, wo ihr Busen herauslugte, als wenn er sagen wollte, wir sind hier. Sie hatte Hochhakige Stiefelletten an und trug einen Nietengürtel. Ihr Gesicht war auffällig schön geschminkt. Ihre Haare streng nach hinten gekämmt. Pitschi starrte sie regelrecht an. „Das ist überhaupt die Idee, rief er! Du wirst unser Gesicht für den Golfplatz!" Du bist genau das, was wir suchen. Ich sehe es schon vor mir: Golfspielen für jung und alt." Else scherzte: „dann bin ich aber für jung." Pitschi lachte aus ganzem Herzen und meinte: „Die Frau mag ich, die hat Sinn für Humor." Else setzte sich jetzt dazu und saß gegenüber vom Pitschi. Er holte eine Karte raus und zeigte den am Tisch sitzenden Personen den Lageplan. Ole war sauer.

„Was soll das? Wir wollen keinen Golfplatz. Wir wollen unsere Ruhe!" Mike beruhigte ihn. „Nun warte doch mal ab." „danke Mike, genau. Ich wurde euch einen Vorschlag machen, der für beide Seite einen Nutzen bringt. Hier, er zeigte mit dem Finger auf einen rot eingekreisten Ring kommt der Golfplatz hin. Hier, er zeigte auf einen grünen Kreis, gibt es einen Minigolfplatz. Und hier, er zeigte auf einen kleinen blauen Kreis, kommt ein Krämerladen hin, so wie früher. Das wird die älteren Herrschaften und die Jungen Leute, dabei schaute er auf Else, freuen. Alle, die hier untergebracht sind und auch von der Residenz Glückseligkeit bekommen das zu halben Preis. Sie können sich auch kostenfrei die Caddys ausleihen, wenn ihnen die Wege zu weit sind. Ihr dürft nicht vergessen, das ein Golfplatz euer Anwesen enorm im Wert steigern wird. Es sind ja ausschließlich reiche Menschen, und wenn sie älter werden melden sie sich in deine Residenz an." Dabei schaute er Ole an. Else überlegte. Mit einem Caddy die reichen Männer abfahren und sich einen nach dem anderen aussuchen, find ich gut, ich würde zustimmen. Elfriede dachte nach, dass sie sich dann von dem Geld, was über ist, den Krämerladen kaufen wird und teilweise selbst darin zu arbeiten.....zumindestens als Chefin. Ole dachte darüber nach, was Pitschi gesagt hatte und verdammt, er hatte Recht. Werner dachte darüber nach, dass er den Minigolfplatz sich gut vorstellen kann, mit einer Bude, wo man mal ein Bier trinken kann und auch Public Viewing, wenn eine WM oder EM läuft. Er wollte Heinz fragen, ob er mitmachen wird. Mike grinste sich einen und sah in die Gesichter, dann zeigte er Pitschi versteckt einen Daumen hoch. Der stand auf und sagte: Ich gehe mal eine rauchen, überlegt euch das in Ruhe. Bin in zehn Minuten wieder da."

Mit diesen Worten verschwand er nach draußen, Mike folgte ihm und sie ließen die fragenden Gesichter zurück.

Mike schlug mit Pitschi ab: „Das ist eine großartige Idee, warte ab, ich kenn sie. Die sind begeistert, werden aber vielleicht noch was rausschlagen. Zumindest Else." Dabei lachte er herzlich. „Die Else ist der Hammer, die muss mit auf Bild, genauso, das wird der Hammer."

Drinnen läuft eine hitzige Diskussion. „Also, meinte Ole, eigentlich hat er Recht. Meine Residenz wir in kürzte Zeit nach oben schießen vom Wert her. Ich finde es gut, sorry Leute." Elfriede machte den Vorschlag mit dem Krämerladen. Werner schaute sie an und fragte: Wovon willst du den denn bezahlen?" „Wieso, Vicky bekommt doch nur 100.000 Euro, oder. Dann können wir den Laden kaufen und verwalten oder so ähnlich." „Dann bist du damit einverstanden?" „Na klar, ist schon gebongt mein Lieber. Das nächste Mal sagst du das etwas eher und lass bitte die Heimlichtuerei. Ach, wo wir dabei sind, es ist schon wieder Schluss mit Elias, der war zu jung für mich." Dabei grinste sie und Werner beugte sich zum Kuss rüber, den sie erwiderte. Werner erzählte seinen Traum, wo keiner etwas gegen hatte. Pitschi kam wieder rein. Else köpfte gerade eine Flasche Sekt. „Du kommst gerade rechtzeitig, wir können uns einigen, wenn wir drei Familien eine Mitgliedschaft umsonst bekommen?" Pitschi lachte: „Wenn du unser Gesicht wirst, gerne." Else war stolz und schlug ein. Die, die am wenigsten damit zu tun hatte, besiegelte das Abkommen. Alle hatten noch einen schönen Abend mit viel Alkohol. Mike war erleichtert, dass sich alles zum Guten gewendet hatte. Am Abend klingelte es an der Tür und

Heinz stand wie ein begossenen Pudel
im Raum. Das war jetzt Elses zweites
Problem.

Bewährung

Heinz hatte ein schlechtes Gewissen,
weil er sie ausgesetzt hatte, obwohl sie
ja allein ausgestiegen ist. Dadurch haben
die Mafiafeinde sie gekidnappt. So die
letzte Information. Else hatte überhaupt
kein schlechtes Gewissen, wozu auch.
Heinz hatte sie beleidigt und das auf der
Hochzeitsreise. Das ging gar nicht.
Heinz: „Hallo Else, wie geht es dir, ich
habe dich vermisst," sagte er leise.

Else erwiderte: „Danke, mir geht es ausgezeichnet, und ich habe dich nicht vermisst." Heinz: „Ich habe dein Lösegeld bezahlt, sonst wärst du noch in den Fängen von der Mafia."

„Papperlapapp Mafia. Als du Werner nach Geld gefragt hast, war ich schon lange zu Hause." „Was!" Werner mischte sich ein. „Du warst gar keine Geisel? Warum hast du mir das nicht gesagt?" Werner war sauer, das schöne Geld. „Du hast mich nicht gefragt und als ich das am Rande mitbekommen habe, hattest du schon überwiesen, selbst schuld." Werner platzte gleich vor Wut. „Das darf doch wohl nicht wahr sein, eine Unverschämtheit ist das!" Oma Thiel mischte sich ein: „Nun beruhigt euch mal, es ist doch jetzt auch egal. Hauptsache ist doch, Else geht es gut……und auch Heinz ist wieder da." Heinz setzte sich erst einmal in die Küche und fragte nach einen Bier. Werner holte zwei raus und gab Heinz geöffnet ab. Heinz trank einen Schluck und schaute Else an. „Gibst du mir noch eine Chance, es wieder gut zu machen? Ich wollte dich nicht so anschreien." Else überlegte. Sie hatte völlig vergessen, dass er sie angeschrien hat, aber wenn er das schon mal sagt: „Ich gebe dir noch eine Chance auf Bewährung." Heinz strahlte und meinte: „Ich werde meine Bewährungsauflagen selbstverständlich erfüllen, danke." Dann stand er auf und ging einen Schritt auf Else zu, um sie in den Arm zu nehmen. Else streckte ihre Hand, um ihn auf Abstand zu halten: „Heinz, du stinkst wie ein Iltis, gehe erst mal duschen und ziehe dir um Gottes Willen etwas anderes an. Dein Pulli läuft schon von allein." „Ja, natürlich, ich gehe eben rüber und mache mich frisch. Ich komme gleich wieder." „Das Haus ist besetzt, da wohnt jetzt deine Schwester und der liebe Gott," sagte Else mit einem Augenaufschlag und verdrehte Augen. „Was, die sind immer noch da? Ich schmeiße sie sofort raus, damit wir wieder unsere Ruhe haben, bis gleich!" Bevor noch jemand etwas sagen konnte, war Heinz schon weg. Oma Thiel übernahm das Wort: „So, dann lass uns mal zusammensitzen und planen, wie das mit dem Krämerladen und den Minigolf-Anlage gehen soll. Mike, Pitschi und Ole verabschiedeten sich und die drei nahmen in der Küche Platz und schmiedeten Pläne.

*P*robleme

Heinz lief schnell rüber zu seinem Haus.
Da bemerkte er, dass er den Schlüssel
gar nicht mit hatte, also klingelte er.
Hanne, seine Schwester öffnete. Sie
hatte einen Staubwedel in der Hand.
„Hallo Heinz, schön dich zu sehen,
erfreute sie sich, komm doch rein."
Heinz bedankte sich und überlegte,
warum er sich bedankte, dass er in sein
Haus eintreten darf. Gottfried lag auf der
Couch und trank sein Bier. „Mein Gott,
du hast dich immer noch nicht
geändert," sagte Heinz. Gotti setzte sich
auf. „Hallo Heinz, gut, dass du da bist,
wir müssen mit dir reden, dringend."
Heinz antwortete daraufhin: „Das ist
gut, ich muss auch mit euch reden. Ich
will nur schnell unter die Dusche
springen und etwas frisches anziehen."
Gotti guckte Hanne an, die reagierte

dann mit den Worten: „Äh, ja genau, deshalb wollten wir mit dir reden. Eure Sachen haben wir in den Keller gebracht. Wenn du also was zum Anziehen suchst, dann im Keller." Heinz stand auf der Schnur. „Hä, wieso, ich weiß genau, dass meine Sachen im Kleiderschrank sind, wo sie hingehören." Gotti sprang ein. „Deine Schwester will dir sagen, dass wir unsere Sachen, also Kleidung in den Schrank geräumt haben und eure Sachen in den Keller." „Und warum?" Heinz verstand es immer noch nicht. „Na, weil wir jetzt hier wohnen, für immer. Wir haben unser Zuhause verloren, so, jetzt ist es raus." Gotti setzte seine Bierflasche an den Mund und trank einen kräftigen Schluck. Heinz setzte sich und schaute abwechselt zu Hanne und wieder zu Gotti. „Das geht nicht, wo sollen wir denn wohnen. Ich bin frisch verheiratet und ich habe das Haus für Else und mich gekauft, wo wir noch monatlich abbezahlen."

„Könnt ihr nicht bei euren Freunden wohnen, die haben doch Platz und Geld wohl auch. Werner war so frei, die Einkäufe zu bezahlen, ohne, dass wir gefragt hatten." Heinz stand auf, holte sich ein Bier aus dem Kühlschrank und trank erst mal einen kräftigen Schluck. Dann meinte er: „Wir haben ein Problem. Ihr könnt hier nicht wohnen, Else rastet aus, wenn sie das hört." Gotti sagte dazu: „Na ja, diese Else tickt doch auch nicht mehr so richtig, wie die sich hier aufgeführt hat. Vielleicht wäre es besser, dass sie in ein Heim geht." Er sagte es in einem ruhigen Ton und sehr freundlich. Nur Heinz reagierte etwas säuerlich. „Wir bitte, ihr macht euch hier breit und meine Frau wollt ihr in ein Heim abschieben, sagt mal, spinnt ihr? Ich gehe jetzt duschen, wenn ich fertig bin, seid ihr aus meinem Haus verschwunden, ist das klar!" Stand auf und ging in die Dusche. Hanne wurde nervös:

„Warum musstest du das von seiner Frau sagen, dass hätten wir ihn behutsam beibringen müssen. Was machen wir jetzt?" Gotti zuckte mit den Schultern: „Nichts, er kann uns nicht so einfach vor die Tür setzten, schließlich wohnen wir jetzt hier. Warte mal ab, der beruhigt sich schon wieder." Damit legte er sich wieder auf seine Couch. Hanne ging in den Keller und suchte etwas passendes für Heinz raus. Das legte sie ihm vor die Tür und klopfte an: „Heinz, es liegen saubere Klamotten vor der Tür, dann brauchst du nicht in den Keller gehen!" Heinz dachte: ‚Wie großzügig, wieso sind die immer noch da? Wie werde ich die bloß wieder los? Ich muss mit Werner reden und Elfriede.' Er duschte sich fertig, zog sich an und bemerkte, dass Gotti auf seinem Sofa liegt. Der machte keine Anstalten auszuziehen. Heinz rauschte an ihm vorbei, ging zur Haustür und sah, dass der Schlüssel von innen steckte.

Er zog ihn raus, steckte ihn ein und lief rüber zu seinen Freunden. Die saßen alle am Tisch und redeten über was, womit Heinz noch nichts anfangen konnte.

„Hallo Heinz, da bist du ja, wurde er von Else begrüßt. „Hast du dir die Klamotten selbst ausgesucht, du siehst aus wie ein Papagei, so schön bunt." Else kicherte. Heinz meinte: „Leute, wir haben ein Problem. Die zwei denken gar nicht daran, auszuziehen, was können wir tun?" Else sagte als erstes was: „Soll ich mal rüber gehen und mit ihnen reden?" „Bloß nicht, dich wollen sie ins Heim schicken, weil du so Gaga bist." „Was, die spinnen doch!" Sie wollte gerade aufstehen und rüber gehen, als Oma Thiel sagte: „Ich habe mir schon sowas gedacht. Die kamen hier an, als wenn sie hier einziehen wollten, nicht wie eine Besuch oder so. Ich habe mich mal umgehört.

Herr Kramer ist doch verstorben, seine Wohnung wäre also frei. Da könnten die erst mal einziehen. Dann sehen wir weiter." Heinz: „Die denken gar nicht dran, aus dem Haus auszuziehen, die haben unsere Sachen aus dem Kleiderschrank alles in den Keller gebracht. Hanne hatte mir etwas rausgesucht, deshalb bin ich so bunt. Ich habe aber den Haustürschlüssel abgezogen. Das haben sie nicht bemerkt." Werner: „Wir müssten sie ablenken und daraus haben mit Sack und Pack, so, dass sie gar nicht mehr reinkommen ins Haus. Ihre Klamotten müssten wir alle in die Wohnung bringen von Herrn Kramer. Werner: „Ich bräuchte nur sagen, dass ich wieder einkaufen gehe, ob sie wieder mitwollen und die wollen, dass garantier ich dir. Da denken sie nämlich, dass ich wieder alles zahle, aber diesmal haben sie sich geirrt."

Okay, Werner, meinte Oma Thiel. Wir drei und Ole packt bestimmt auch mit an, bringen in der Zeit ihre Sachen weg und wenn sie wieder kommen, werden sie merken, dass sie nicht mehr ins Haus kommen." „So machen wir das," gab Else ihren Senf dazu. Oma Thiel meinte noch: „Ihr schlaft heute hier, denn wir haben noch andere Sachen zu besprechen, wovon Heinz noch gar nichts wusste."

Wer zuletzt lacht, lacht am besten

Am nächsten Morgen klingelte Werner an der Tür, wo Hanne unfreundlich die Tür öffnete:

„Ach du bist es, ich dachte, es ist schon wieder mein nervlicher Bruder." Werner war schockiert, sagte aber: „Guten Morgen, wollte euch fragen, ob ihr mitkommen wollt, einkaufen. Ich mache einen Großeinkauf." „Gotti, willst du einkaufen gehen mit Werner?" „Nö, keinen Bock!" *,Na, das kann ja heiter werden,'* dachte Werner. Die haben Fassbier im Angebot, das Gute, dass wollte ich auch holen, du trinkst das doch auch so gerne. Allein kann ich das nicht tragen." Schon stand Gotti in der Tür: „Sag das doch gleich, klar, kommen wir mit, sind bloß im Moment nicht so ganz flüssig, wenn du verstehst, was ich meine." Werner war das egal: Ach Gottchen, wie unangenehm, aber das kriegen wir schon hin." Gotti lachte und Hanne hatte sich schon etwas übergezogen. Sie war dankbar, mal aus dem Haus rauszukommen. Beim Rausgehen fragte sie: „Gotti, wo hast du denn den Schlüssel gelassen?"

„Das weiß ich doch nicht, dafür bist verantwortlich." Werner kürzte das Ganze ab. „Wir haben doch drüben den Ersatzschlüssel, dann nimmt ihr den." Gottfried dachte: ‚*Das wäre natürlich super, dann haben die Schmarotzer keinen Schlüssel mehr von unserem Haus.*' „Okay, kein Problem," sagte Gotti und alles drei gingen über den Garagenplatz. Unauffällig schaute Werner zu dem Küchenfenster von Oma Thiel und sah, wie sich die Gardine bewegte. Er wusste, dass alle drei dahinterstanden und jetzt hatten sie freie Bahn, alles aus dem Haus rauszuholen.

Werner fuhr entspannt vom Platz und wusste, dass er sich jetzt Zeit lassen sollte. Else guckte Heinz und Elfriede an und sagte: „Es geht los!" Als sie draußen waren, kam ihnen Ole und Kathi entgegen. „Ich denke mal, ihr braucht Hilfe.

Else hatte sie informiert und lachte:
„Wer zuletzt lacht, lacht am besten.
Dann machten sich alle an die Arbeit.

Else stopfte alles in blaue Müllsäcke,
alles dass, was sie nicht mehr brauchte
und schon länger wegmusste. Oma Thiel
sah zu Else: „Du kannst doch nicht die
leeren Bierflaschen zur Kleidung tun!"
„Doch kann ich und dass kann ich auch:"
Sie nahm den vollen Aschenbecher und
schmiss ihn mitsamt des Inhaltes in den
Sack. Else grinste und meinte: „So geht
man nicht mit mir um. Von wegen
Altenheim, ich….. pah." Oma Thiel
musste ihr leider recht geben. Die war
gerade beim Betten abziehen. Zeigte
Else die Wäsche hoch und Else machte
nur den Daumen nach unten, also weg.
Genauso, die Handtücher, die sie
benutzt hatten. Die Seife, alles wurde
nicht sortiert, sondern entfernt. Ole
schleppte mit Heinz, der kurz vor einem
Zusammenbruch war, ihre alten Möbel,

na ja, wenn man das Möbel nennen konnte, nach drüben. Einmal musste Heinz absetzten, was dem Möbelstück nicht so gut tat......rums......war eine Ecke weg. „Heinz, pass doch auf, der sieht wertvoll aus." Heinz schaute nach unten und meinte: Ne, kaputt sieht er aus." Dann hob er ihn wieder an und sie wuchteten das gute Stück bis zum Flur. Da ließen sie ihn mitten im Raum stehen. Else warf über die Kommode die blauen Säcke. Oma Thiel und Kathi packten ihre Koffer und schmissen nur Deko rein und eine Kleinigkeit angefangener Wurst, Brot, Margarine, und Käse. Zwei Eier legte sie vorsichtig in einem Pullover gewickelt auch noch rein, allerdings mit einem Grinsen. Else sah es und zwinkerte ihr zu. Zwei Stunden später waren sie fertig. Sie schlossen die Tür zweimal zu und hatten beide einen Schlüssel und Elfriede noch den Ersatzschlüssel. Dann kommen die hier nicht mehr rein.

Ole gab Oma Thiel einen Schlüssel von Herrn Kramers alte Wohnung. Diese wird sie dann den Beiden aushändigen, sobald sie zurück sind. Dann saßen alle noch in der Küche und warteten ab. Werner müsste auf den Rückweg sein, mal sehen, wie blöd die gucken werden.

Werner holte das ein, was er soundso einkaufen wollte, und da stand Bier ganz oben auf erster Stelle. Dann besorgte er Grillfleisch und sämtliche Zutaten für verschiedene Salate. Sie wollten alles mit einem Grillabend beenden. Als Werner ein fünf Liter Fass Bier in seinem Wagen hievte, kam Gotti mit seiner Frau um die Ecke. „Ah, da bist du, wie lange brauchst du noch?" Gotti wollte nur zur Kasse gehen, wenn Werner an der Kasse ist. Er sollte schließlich die ganzen Lebensmittel bezahlen. „Also, sagte Gotti und hob gleich zwei fünf Liter Bier in seinen Einkaufswagen, wir sind bald fertig."

Hanne kam mit einem zweiten Einkaufswagen um die Ecke. „Ich brauche noch Sekt, wenn die Mädels uns mal besuchen kommen. Und Nüsse, Chips und Salzstangen." Werner unterbrach es: „Ich brauche noch Fleisch und so einiges mehr. Ich brauche noch mindestens zwanzig Minuten." Dann fuhr er einfach weiter. Er sah, dass die beiden nach ganz hinten mit ihren schweren Einkaufswagen steuerten. Sie kicherten und hatten gute Laune. Werner stürzte zur Kasse, als die gerade aufgemacht hatte und war damit erster. Er beeilte sich und fuhr wie ein Bekloppter die Einkäufe zum Auto. Dann deckte er alles ab mit einer Kaltmatte. Er setzte sich ins Auto und fuhr los. Auf dem Hof angekommen, hupte er. Alle liefen sofort raus und holten alle Einkäufe rein. Dann gab Werner seiner Frau seine Brieftasche, Führerschein holte er raus und fuhr schnell zurück. Er lief direkt in den Laden.

Er sah sie suchend nach mir. Werner
grinste sich ein. „Und wieweit seid ihr?"
„Wir wären jetzt durch. Zwei
Einkaufswagen waren so proppenvoll
wurden schwerfällig zur Kasse
geschoben. Hanne fiel auf und fragte:
„Wo ist denn dein Einkaufswagen," als
sie die ersten Sachen auf das Band
legten. „Ich habe meine Brieftasche zu
Hause vergessen, da habe ich erst
einmal alles wieder an seinen Platz
zurückgebracht. Ich warte dann draußen
auf euch. Ihr habt euch eine Menge
vorgenommen!" Er lachte und ging,
ohne sich umzudrehen nach draußen.
Werner lehnte sich an sein Auto und
wartete geschlagene fünfzehn Minuten.
Dann kamen beide. Gotti trug einen
sechserpack Bier und Hanne eine kleine
Tüte mit was drin. „Nanu, wo ist denn
eurer ganzer Einkauf?" Gotti stotterte:
„Ja, wir habe gemerkt, dass wir gar nicht
so viel brauchten. Es ist alles so teuer
geworden, gell!"

Werner machte großzügig den Kofferraum auf, und sie legten ihre kleinen Sachen hinten rein. Grummelt und wütend zugleich kamen sie am Hof an. Werner stieg mit einer sehr guten Laune aus. Seine Frau kam ihn entgegen: „Hallo mein Schatz, du Dummerchen hast deine Brieftasche hier liegen lassen. So kannst du nicht einkaufen," dabei lachte sie gekünstelt. Hallo ihr zwei, hier ist noch euer Schlüssel. Es ist die Nummer dreizehn. Damit drückte sie Hanne einen Schlüssel in die Hand. Werner verschloss seinen Kofferraum und ging mit Elfriede zu den anderen, die neugierig durch das Fenster lugten. Die zwei sagte danke und gingen zum Haus. Gotti meinte: „Wieso dreizehn, es ist doch drei," und versuchte aufzuschließen, aber der Schlüssel passte nicht. Jetzt kamen Elses und Heinz Auftritt. Beide gingen zu ihnen hinüber. Heinz schob den verdutzten Gotti zur Seite. „Darf ich mal?"

Die zwei gingen einen Schritt zurück und schauten nur zu, wie Heinz unter schwersten Bedingungen seine Else hochhob und über die Schwelle trug. Dann gab er mit seinem Fuß einen eleganten Tritt, dass die Tür ins Schloss fiel. Innen ließ er sie wieder runter, bevor er sich einen Bruch hob. Ole kam raus. „Hallo, ihr zwei, euer Zuhause ist für vier Wochen die Nummer dreizehn, danach seid ihr verschwunden, ist das klar?" bedrohlich ging er auf Gotti zu. Hanne fragte: „Aber wir wohnen doch hier?" „Nein, ihr wohnt hier überhaupt nicht, ihr wurdest nur geduldig und ihr habt es scharmlos ausgenutzt. Eure Sachen sind schon drüben. Und sollte ich auch nur noch einen mucks hören, schmeiße ich euch eigenhändig raus, habt ihr das verstanden?" Beide nickten und folgten dann den Zahlen. Als sie Nummer dreizehn gefunden hatte, öffnete sich eine Tür. Eine alte Dame hielt ihre Windel in der Hand,

165

die bis zum Rand und drüber hinaus voll war, und sagte freundlich: „Das wird aber auch Zeit, dass sie meine Windeln auswechseln, die sind alle schon übervoll." Gotti hielt sich die Hand vor dem Mund und würgte und Hanne stand da mit der Windel.

Am Abend wurde der Grill angeschmissen und es gab leckeres Fleisch, viele Salate und Kartoffel und Brote, Mais und Gemüsestangen. Selbstverständlich durfte das gekühlte fünf Liter Fass Bier nicht fehlen. Ole kam mit seiner Frau und den Kindern auch rüber. Das frisch verliebte Paar, Else und Heinz und natürlich Werner und Oma Thiel. Jetzt konnten alle beruhigt über die neue Zukunft reden.

Rentenmarkt

Mit den Namen waren sich nicht alle einig. Else meinte, der Krämerladen sollte: Tante - Emma - Laden heißen, so wie früher. Oma Thiel hätte gerne den Namen: Rentenmarkt und die Männer waren für Sparmarkt oder Supermarkt.

„Supermarkt fiel schon mal weg, es ist doch nur ein kleiner Laden, genauso Sparmarkt. Weil günstig werden die Sachen bestimmt nicht. Denke nur mal an die Miete jeden Monat." „Wieso, meinte Werner, der Markt und die Minigolfanlage gehört noch zu Oles Grundstück. Ich glaube nicht, dass er da Miete nimmt. Außerdem kaufen wir das Grundstück und den Laden darauf, damit wir neben unsere Rente, die wir einnehmen, auch ein bisschen was verdienen." Heinz fragte Werner: Wie heißt denn unser Minigolfanlage?"

Werner schaute ihn verdutzt an: „Na Minigolfanlage, wie denn sonst." „Willst du etwas besonderes bauen lassen oder machst du das, wie es alle machen, Langweilig?" Werner überlegte und antwortete: „Eigentlich hast du Recht. Wir machen eine besondere Golfanlage. Langweilich wird schon der große Golfplatz sein. Hm, lass uns mal überlegen. Es klingelt an der Tür. Ole kam mit seinem Sohn rein. Der war ganz begeistert von dem Minigolfplatz und sagte: „Warum macht ihr nicht einen kleinen Bauernhof mit richtigen Tieren, die natürlich geschützt sein müssen vor den Bällen. Sie hätten alle viel mehr Auslauf, als in den kleinen Stall und auch mehr Licht und das Ganze heißt dann: *„Minitiergolf"* „Zufrieden grinste er von Ohr zu Ohr. Ole war stolz auf seinen Sohn und ergänzte noch: „Den baue ich dann auf. Alle waren begeistert und waren einverstanden.

Ein kleines Stückchen weg vom Golfplatz
würde dann der Krämerladen aufgebaut
und man einigte sich auf den Namen:
„Sonnenmarkt." Weil die Residenz
Sonnenschein hieß. Am nächsten Tag
gingen Werner und Elfriede zur Bank,
um die Geldangelegenheiten zu klären.
Vicky wollte auch wieder zurück zu ihren
Mann, um ihn die gute Nachricht zu
überbringen, dass sie keinen entlassen
müssen und alles bezahlt werden
könnte.

Abschied

Vicky war den letzten Abend da und
auch Mike wollte zurück. Er meinte, die
Arbeit ruft.

Werner und Elfriede hatten sie noch zum Essen eingeladen. Ole passte auf die Kinder auf und Kathi ging mit. Sie waren beim Italiener. Es war eine lockere Atmosphäre. Es wurde viel gelacht und Vicky hatte die zwei eingeladen, sie in Afrika zu besuchen. Auch ihr Mann in Afrika würde sich freuen. Sie würde uns auch bei ihr zu Hause aufnehmen, das wäre überhaupt kein Problem. Allerdings leben sie in einfachen Verhältnissen, nicht im Luxus. Sie erzählte, dass alle ihre Angestellten in ärmlichen Verhältnissen leben, da haben sie sich angepasst. Oma Thiel war begeistert und versprach, auf jeden Fall zu kommen, wenn es ihren Mann wieder besser geht. Es war ein schöner zufriedener Abend. Am nächsten Tag holte Werner die zwei aus der Suite ab und fuhr sie zum Flughafen. Der Flug von Mike ging als erstes. Danach hatten sie noch zwei Stunden Zeit, um allein zu reden.

Vicky bedanke sich nochmal für das geliehene Geld von Werner und meinte, dass sie es so schnell wie möglich wieder zurückzahlen will. Eine innige Umarmung und schon war auch Vicky weg. Werner war ein wenig traurig, aber auch für ihn gab es einen neues Lebensabschnitt. Seine Suite wird verkauft. Alle Schulden bezahlt und dann geht es auch schon los mit dem Markt und die Minigolfanlage.

Zu Hause wartete seine Frau und fragte, ob alles funktioniert hat und ob sie pünktlich abgeflogen sind. Werner bestätigte es und nahm seine Frau in den Arm und gab ihr einen liebevollen Kuss. Dann meinte er: „Danke mein Liebling, dass du eingewilligt hast, Vicky das Geld zu leihen." Elfriede streichelte ihren Mann über die Wange und gab ihn einen Kuss.

Else klingelte und wollte wissen, ob sie nicht Lust hätten, heute Abend bei denen zu grillen. Sie hatten Lust. Das erste Mal erzählten Else und Heinz von ihrer Hochzeitsreise. Else meinte: „Diesen Urlaub lasse ich mir einrahmen und hänge mir das Bild übers Bett." Alles lachte. Als alle vier so richtig in Stimmung waren, kamen Hannelore und Gottfried rüber. Beide wollten sich entschuldigen, weil sie sich nicht richtig verhalten hätten. Gotti sagte: „Manchmal ist mein Gehirn einfach so. Dann sagt es Dinge, die ich gar nicht so meine." Else stand auf und stellte sich genau vor Gotti. „Ich habe mein eigenes Gehirn, du hast dein eigenes Gehirn, warum muss ich jetzt dein Gehirn noch zu mein Gehirn nehmen?" Gotti starrte sie unsicher an und antwortete: „Weiß ich auch nicht, aber es klingt gut." Heinz stand auf und ging dazwischen. „Hanne, du bist herzlich willkommen, aber nur zu Besuch. Dein Mann hat, was gesagt, was ich nicht verzeihen kann, nämlich, dass ich meine Frau doch ins Altenheim schicken soll. Das war das berühmte I-Tüpfelchen, was das Fass zum Überlaufen gebracht hat. Ihr könnt vier Wochen im Haus dreizehn wohnen und dann bitte ich euch, geht dahin, wo ihr hergekommen seid. Ihr seid hier nicht gerne gesehen." Hanne stand noch mit dem Sekt, den sie mitbrachte, hilflos da und sagte zu ihren Mann: „Komm Gotti, ist Okay, lass uns gehen. Man mag uns hier auch nicht." Tränen standen ihr in den Augen. Oma Thiel hatte Mitleid, stand auf und sagte: „Ich mache euch einen Vorschlag. Wenn ihr arbeiten wollt und Gels verdienen wollt, könnt ihr Hanne du im Laden verkaufen und du Gotti, am Minigolfplatz Schläger und Bälle rausgeben. Dann verdient ihr Geld und könnt eure Unterkunft bezahlen." Zufrieden schaute Oma Thiel zu den anderen und erwartete ein Nicken. Gotti: „Dann können wir in unser Haus zurück?" Else platzte der Kragen:

„Sag mal, seid ihr so doof oder denkt ihr wirklich nicht nach. Das hier ist unser Haus und nicht eures. Ihr könnt in der Wohnung dreizehn wohnen, was anderes wird ihr euch nicht leisten können, meine Herren, die sind ja turbodoof." Gotti: „Arbeiten für eine Wohnung, wo die Nachbarin andauernd klingelt und uns ihre Scheiß Windel vor die Tür legt, nein danke." Elfriede atmete tief ein: „War ja auch nur ein Vorschlag, müsst ihr ja nicht annehmen." Hanne: „Ich werde das mit meinem Mann in Ruhe besprechen und sage euch dann Bescheid." Danach zogen sie wieder ab und nahmen ihre Flasche Sekt wieder mit. Werner meinte: „Lass gut sein Liebling, du hast es gut gemeint, aber ich glaube, wenn sie gehen, scheint uns eine Menge Ärger erspart geblieben." „Wahrscheinlich hast du Recht, ich dachte auch mehr an Hanne, die tut mir leid mit so einem Stinkstiefel verheiratet zu sein." Werner streichelte seine Frau den Arm.

Heinz versuchte das Fass anzustechen, dabei nahm er zu viel Schwung und haute den Pfropfen mit Gewalt rein. Das Bier spritzte und alle hatten eine Bierdusche abbekommen. Werner sprang sofort hoch zu Hein und half ihn. Else meinte: „Jetzt stinke ich so nach Bier, als wenn ich schon ein Fass allein getrunken habe." Keine zog sich um, denn jetzt war es auch egal.

*E*in halbes Jahr später

Gottfried und Hannelore haben die Abneigung,

die gegen sie gehegt wurden, nicht ertragen und sind weggezogen. Wohin haben sie nicht gesagt. Aber alle waren froh, dass sie wieder weg waren. Werner fand, es waren Schmarotzer. Wollten alles umsonst haben, aber nichts geben. Es war gut, dass sie weg waren.

Ole hatte Gas gegeben und mit ein paar Freunde den Laden aufgezogen, wo jetzt schon Lebensmittel geliefert werden sollen. Nächste Woche war Eröffnung. Die Bauarbeiter, die auch den großen Golfplatz bauen, freuten sich schon. Als Else das hörte, war sie voller Vorfreude, und wollte gleich die erste Schicht übernehmen. Elfriede sagte: „Else, dass kannst du nicht allein schaffen, wir brauchen auch noch jemanden. Was meinst du, was für ein Ansturm es geben wird. Ich wollte Reinhild noch fragen, was meinst du?"

Else: „Die sieht viel zu gut aus, die läuft mir doch den Rang ab. Dann gucken die Männer nur sie an." Else zog eine Schnutte. Elfriede nahm sie in den Arm. „Keine wird dir je das Wasser reichen können, Else, du siehst viel zu gut aus und das weißt du auch." „Echt jetzt?" „na klar. Du hast noch genug Zeit, hier zu arbeiten und die Bauarbeiter werden nur kommen, wenn du auch da bist, versprochen." „Ja, wenn du meinst, soll ich am ersten Tag mein Lederbustier anziehen, da schaut mein Busen so schick drin aus?" Oma Thiel wurde rot bei den Gedanken und hätte am liebsten um Gottes Willen geschrien, aber sie musste vorsichtig mit Else umgehen, sonst wäre sie verärgert. „Du willst doch nicht am ersten Tag dein ganzes Pulver verschissen, Else. Ziehe dir eine Jeans und eine Bluse an, dazu deinen weißen Snickers, das sieht dann jugendlich aus und kommt auch gut in der Zeitung." „Zeitung, kommt die etwa auch?

177

Da hast du recht, das werde ich anziehen, dann sieht jeder, welch junges Personal hier arbeitet." Oma Thiel atmete auf. „hast du die Ware bestellt, die ich dir aufgeschrieben habe, denn wir können nicht alles aus dem Supermarkt kaufen. Das Gemüse und das Obst besorge ich vom Großmarkt, Werner hilft mir dabei." Else holt ein Zettel aus ihrer Hosentasche: „Dreißig Kisten Bier, drei Kisten Ramazotti…..

„Dreißig Kisten, wo soll ich die denn lagern und vor allem, wer soll die denn trinken?" „Och, ich habe alle meine Motorradfreunde eingeladen. Sie wollen alle kommen, und du weißt ja, die trinken schon allein fast alles weg. Außerdem wollen die Bauarbeiter sicherlich auch trinken, und du und ich und die unsere Männer ja auch." Else dachte, das reichte zur Erklärung und widmete sich wieder ihrem Telefon, um weitere Bestellungen aufzugeben.

Oma Thiel meinte aber: „Else, wir eröffnen keine Kneipe, sondern ein Krämerladen, wo man Kleinigkeiten kaufen kann. Klar, dass auch etwas Bier und auch Sekt da sein muss, aber Ramazotti?" Oma Thiel sagte das höflich. Else konterte: „Hast du mal einen Bauarbeiter gesehen, der während der Arbeit kein Bier trinkt? Ich habe auch noch Korn bestellt und Weinbrand, allerdings nur in Hasentaschenformat, dann können die sich mal einen genehmigen." Zufrieden ghrinste Else und ergänste noch: „ Die nehmen auch nicht soviel Platz weg, weil sie ja so klein sind." „Wieviel?," fragte ihre Freundin. Else schaute auf ihre Liste. „Einhundert kleine Fläschchen, je 50 Stück, mehr nicht. Erst mal gucken, wie das läuft." „Du weißt schon, das die Arbeiter keinen Alkohol trinken dürfen, während der Arbeit. Die können entlassen werden." Oma Thiel hatte ihren letzten Trumpf ausgespielt. „Keine Sorge, die trinken es hier bei mir, wenn sie Pause machen, habe ich alles schon mit denen besprochen." „Du hast die Bauarbeiter gefragt?" Elfriede dachte nicht richtig zu hören. „Klar, nur so macht man Geschäft." Dann verließ sie den Raum und telefonierte. Werner kam rein und fragte: „Na mein Liebling, alles klar, hast du alles im Griff?" Seine Frau schüttelte den Kopf. „Was ist denn los?" Elfriede berichtet. Werner lachte auf. „Ich finde es gut, Else ist geschäftstüchtig. Wir können doch im Keller vom Heinz und auch bei uns die Kisten lagern, wenn es im Laden zu eng wird." Elfriede war erleichtert, als Werner den Vorschlag machte. „Stimmt, du hast Recht, es nützt nichts, sich aufzuregen, so machen wir es. Ich würde auch gerne noch Biogemüse aus unsere Region anbieten. Ich hatte schon mit Bauern aus der Umgebung Kontakt aufgenommen. Was hältst du davon?" „Sehr gute Idee, finde ich gut."

Dann ging Werner wieder, weil er weiter mit Heinz und Ole an der Minigolfanlage arbeiten musste. Die sollte einen Monat später eröffnet werden. Die Idee dafür mit den Tieren fand er gut. Vor allem, man sah die Hasen oder Meerschweinchen nur von einer Seite der Scheibe. Auf der anderen Seite war ein großer Auslauf, wo sich die Tiere frei bewegen konnten. Auch genug Verstecke, wenn sie ihre Ruhe, haben wollten. Jetzt war aber erst einmal der laden dran.

Die Eröffnung

Else war Vorbereitet.

Sie hatte sich eine schwarze enge schwarze Stretch Hose angezogen. Eine Stegmannhose nannte man die. Darüber trug sie eine Spitzenbluse in einem Beige Ton mit einem kleinen Stehkragen, damit man ihren faltigen Hals nicht so sieht. Am Fuß trug sie Snickers und verzichtete auf hochhakige Schuhe, da sie ja bedienen musste. Ihr graues Haar hatte sie hochgesteckt, eine kleine Strähne ließ sie spielend in ihr Gesicht fallen. Eine totschicke Uhr, mehrere Armreifen, die klapperten, damit jeder wusste, wo sie war und eine Perlenkette. Oma Thiel war begeistert. „Else, du siehst fantastisch aus. Wie hast du das denn wieder hinbekommen, du siehst aus, wie keine fünfzig, klasse." Else strahlte und antwortete: „Na ja, ich wollte schon wie fünfunddreißig aussehen, aber meine Falten verraten mich ein wenig. Du siehst aber auch schick aus." „Danke meine Liebe.

Was ist das denn für ein Krach?" Oma
Thiel schaute nach draußen. Else grinste
und rief: „Das sind meine Jungs!" Etwas
zwanzig Harley Fahrer knatterten auf
den freien Platz. Es war ein
Ohrenbetäubender Lärm. Als Else
gerade rauslief, sah sie auch Heinz, der
sich umgezogen hatte und eine saubere
Jeans und ein weißes Hemd trug. Die
Jungs kamen alle in Leder und ihren
Kutten. Werner kam auch schnell herbei
und er hatte sich schick gemacht.
Elfriede strahlte ihn an. Als Else alle
begrüßt hatte, fragte sie: „Und Jungs,
ein Bier?" Thimo schüttelte den Kopf:
„Nur alkoholfreies Bier bitte, wir müssen
noch fahren." „Was, rief Else, ich habe
soviel Bier gekauft für euch. Könnt ihr
nicht die Maschinen hier stehen lassen
und mit dem Taxi nach Hause fahren,
bitte?" „Auf gar keinen Fall lassen sie
ihre Babys hier draußen allein zurück,
dann trinken sie lieber gar nichts."
Thiemo kannte seine Truppe. Ein Hupen

durchbrach die Diskusion. Ole kam an und rief: „Kann mal einer oder zwei mit anpacken, ich habe alkoholfreies Bier geholt. Ich denke, die Jungs werden kein Alkohol trinken, stimmst? Ich habe auch noch Zuckerfreie Getränke und alkoholfreien Sekt besorgt und auch ein paar Säfte. Drei Jungs gingen direkt rüber und halfen Ole. Else war traurig, dass ausgerechnet ihre Jings keinen Alkohol trinken wollen, aber sie konnte es verstehen. Alle gingen jetzt zum Laden rüber. Ein Banner war ganz oben angebracht mit Neueröffnung! Die Presse kam auch und die Bauarbeiter unterbrachen ihre Arbeit und kauften nicht nur Bier, sondern auch Sandwich, Limo, Knapper Sachen. Es war gleich viel zu tun und Else flirtete gleich mal drauf los, was Heinz gar nicht gut fand. Fotos wurden geschossen, wo sich alte Menschen und auch Rocker und Bauarbeiter vor dem Krämerladen hinstellten

und alle den Daumen nach oben hielten.
Else und Elfriede waren ganz vorn zu
sehen. Werner strahlte und Heinz hatte
leider nicht so viel Glück, weil er gerade
die Bierflasche ansetzte, als das Foto
geschossen wurde.

berfall

„Der Tag war ein voller Erfolg, meinte
Oma Thiel zu Else. Wir haben richtig viel
Geld eingenommen. Wenn die letzten
Gäste gegangen sind, mache ich noch
die Abrechnung, willst du mir dabei
helfen?" „Nö, ich wollte noch ein
Sechser Pack Bier zu den netten
Bauleuten vorbeibringen.

Die hatten sie vorhin schon bezahlt, wollten es aber noch nicht mitnehmen, damit es nicht warm wird. Ich bringe es ihnen eben noch vorbei, dann helfe ich dir." „Ja Ok, dann gehe doch schon mal, ich schmeiße die letzten jetzt raus, es ist schon gleich 19:00 Uhr. Die anderen sind auch alle schon weg." Es waren noch zwei Frauen, die ins Tratschen gekommen waren und sich an der Sektflasche festhielten. Oma Thiel bat sie höflich: „Wir schließen jetzt, ihr müsst leider gehen." Die Mädels entschuldigten sich noch, weil sie die Zeit gar nicht bemerkt hatte. Dann verließen die Letzten den Laden. Oma Thiel schloss ab und machte sich ans Aufräumen. Nach einer halben Stunde schaute sie auf die Uhr. Else war immer noch nicht da. Die Männer sind schon zu Hause, weil sie einen kleinen Schwips hatten und sich auf die Couch zu legen und Fußball zu gucken. Deshalb fing sie mit dem Zählen des Geldes an.

Als sie bei 540,- Euro war, klopfte es an der Tür. Oma Thiel dachte: ‚*Ach endlich, das wird Else sein.*' Sie ging zur Tür und schaute durch die Glasscheibe, sah aber nichts. Deshalb öffnete sie die Tür und schaute nach. Sie ging zwei Schritte nach rechts, aber da war nichts. Sie rief: „Else, bist du das?" Nichts, alles ruhig. Nur von weitem hörte man LKWs, die sich auf den Nachhauseweg machten. Sie wollte sich gerade umdrehen, da gab es einen Rums. Oma Thiel wurde ohnmächtig.

Else hatte die Bauarbeiter erst suchen müssen, weil sie sich nicht so gut auf der Baustelle auskannte. Dann kam ihr aber ein bekanntes Gesicht in die Quere. Der erkannte Else und nahm sie kurzerhand mit. Die Jungs hatten schon Feierabend und Else kam gerade richtig mit dem kühlen Bier um die Ecke. Einer meinte:

„Komm Else, trinke doch noch eins mit uns." Das ließ sie sich nicht zweimal sagen, schon hatte sie Platz genommen und stieß mit den Männer an. Sie hatte sich ein wenig in der Zeit vertan, als die Männer aufbrachen. „Oh, ich muss schnell zurück, Elfriede wartet mit der Abrechnung auf mich." Sie verabschiedeten sich alle und Else ging zurück. Sie dachte: ‚Es ist hier schon so ein bisschen unheimlich, wenn die Baustelle leer wird. Am Tage sieht es so voll aus, aber jetzt raschelt jeder Busch, an dem ich vorbei gehe.' Am Laden angekommen, war die Tür schon zu und es war dunkel im Laden. Also ging Else davon aus, dass Elfriede schon fertig war und nach Hause gegangen war. Schnellen Schrittes ging auch sie nach Hause. Else ging direkt nach Hause und duschte erst einmal ausgiebig. Dann zog sie sich ihre Joggingsachen an und ging nochmal rüber zu den Männer und ihre Freundin.

Als Heinz ihr die Tür öffnete, fragte er:
„Wo hast du denn Elfriede gelassen?"
„Wieso, die müsste doch schon hier sein,
oder etwa nicht?" Else staunte und ging
rein und selbst zu gucken. Von Elfriede
war keine Spur. Werner wurde nervös.
„Wo hast du sie denn das letzte Mal
gesehen?" „Na, im Laden, sie wollte die
Abrechnung machen. Ich hatte noch
eine Auslieferung zu machen und als ich
wieder kam, war es dunkel und der
Laden zu. Da dachte ich, sie sei hier.
Sonst hätte ich doch nicht erst
geduscht!" Else verschwieg, dass sie mit
den Männer Bier getrunken hatte.
Werner meinte: „Kommt, wir gehen
nochmal zum Laden und Gucken nach."
Alle drei machten sich auf den Weg zum
Laden. Als sie ankamen, bemerkte Else.
Der Weg muss unbedingt mehr
ausgeleuchtet werden, hier bricht man
sich ja die Knochen." Werner gab ihr
Recht. Am Laden angekommen, sahen
sie,

dass es nur eine kleine Notbeleuchtung gab. Die Tür war verschlossen. Werner klopfte und rüttelte an der Tür, aber es war kein reinkommen. „Schau mal, da steckt ein Schlüssel von innen. Den hatte ich vorhin gar nicht gesehen," meinte Else. „Stimmt, gab Heinz zum Ausdruck. Da ist etwas passiert, das spüre ich." Werner wurde laut: „Was soll denn da passiert sein? Elfriede!" Werner hämmerte an der Tür. Heinz ging um den Laden rum und schaute durch das Fenster: „Werner Else, kommt mal!" Beide kamen angerannt. „Könnt ihr was erkennen?" Else meinte. „Da liegt ein großen Paket, das war vorhin noch nicht da." Werner wurde das Ganze zu dumm, kurzerhand nahm er einen Stein und schlug die Scheibe ein. Dann ließ sich das Fenster öffnen. Er krabbelte hinein. Heinz half ihn. „Ich mach euch vor auf, dann braucht ihr nicht durchs Fenster klettern." Werner machte Licht und ging zur Haustür, um sie zu öffnen.

Die Beiden gingen rein. Alle durchsuchten die Räume. Else ging in den Vorratsraum und durchsuchte die Gänge. Sie überlegte, von wo sie das Paket gesehen hatte. Dann schrie sie auf: „Elfriede, Elfriede!" Schon kamen die beiden anderen angerannt. Oma Thiel lag gefesselt und geknebelt wie ein Paket zusammengeschnürt am Boden. Sofort half ihr Werner, das Klebeband von ihren Mund zu nehmen. Else holte eine Schere von vorne. Heinz rief sofort die Polizei und einen Krankenwagen. Sie schnitten ihr die Fesseln durch. Aber Oma Thiel bewegte sich nicht. Werner hielt seine Hand an der Halsschlagader. „Ihr Puls ist viel zu langsam," heulte er. Schnell, einen Arzt. Else rannte eine Flasche Wasser zu holen und brachte sie Werner. Aber der schüttelte den Kopf. „Ich glaube sie ist Tod." Else hielt auch ihre Hand am Hals. „Nonsens, sie lebt noch, aber wir brauchen Sauerstoff!" Werner hielt seine Frau den Kopf hoch.

Dann legte er ihn wieder runter und seine Hand war voller Blut. Er wurde kreideweiß. Ihm wurde schwarz vor Augen. Else nahm das Festnetz und rief Ole und Kathi an. Nach kurzen Bericht kamen beide sofort angerannt. Ole: „Ach du scheiße, was ist denn hier passiert? Kathi ging zu ihrem Vater und goss ihn Wasser über sein Gesicht. Er wurde wieder wach. Ole: „Kathi, lauf zurück und sage dem Krankenwagen und der Polizei, wo wir hier sind. Das finden die sonst nicht." Kathi nickte, drehte sich aber noch mal um und dachte: ,*Bitte, bitte nicht, nicht die Beiden.'* Dann rannte sie los. Ole machte bei Elfriede eine Herzmassage und versuchte Luft in ihre Lungen zu pumpen. Immer und immer wieder. Dann hörte er die Sirenen, aber er hörte nicht auf. Heinz stand da und weinte wie ein kleines Kind. Er stützte Werner, der sich an ihm angelehnt hatte und immer wieder sagte: „Oh mein Gott, bitte

nicht." Die Helfer waren als erstes da.
Ole erklärte dem Arzt, was er die ganze
Zeit gemacht hatte. Er übernahm. Sofort
wurde ihr eine Beatmungsmaske auf das
Gesicht gedrückt. Dann wurde ein
Venenkanal gelegt. Oma Thiel wurde
bewusstlos zum Krankenwagen
gebracht, weil sie da Geräte hatten, was
etwas einfacher war. Ein Pfleger fragte:
„Was ist mit ihm?" Er deutete auf
Werner. Heinz antwortete: „Es ist seine
Frau." „Wollen sie mit?" „Wohin?"
Werner stand komplett neben sich. Der
Pfleger sagte: „Er kommt auf alle Fälle
mit. Er steht unter Schock." Er stützte
Werner und ein zweiter kam zur Hilfe.
Else nahm Heinz in den Arm. Ole
meinte: „Kommt, wir fahren mit
meinem Auto hinterher." Sie standen auf
und gingen zum Auto. Unterwegs rief
Ole seine Frau an und berichte kurz und
bat sie, sie solle Thiemo anrufen und
seine Mutter. Die sollen einen Glaser
beauftragen. Kathi meinte: „Das geht

schlecht. Die Polizei ist da und hat alles abgeriegelt. Elfriede ist Opfer von einem Raubüberfall geworden." Ole schluckte, sagte aber nichts, weil er die beiden hinten drin hatte. Stumm fuhren sie ins Krankenhaus und beteten alle, das Elfriede das überlebte.

*B*angen

Else machte sich Vorwürfe, weil sie ein Bier mit den Bauarbeitern getrunken hatte, statt bei ihrer Freundin zu sein. Elfriede hatte extra noch gefragt, ob ich ihr helfe, und ich habe nichts anderes zu tun, als Bier zu saufen.

Else fing an zu weinen. Sie saß mit Heinz und Ole im Gang und warteten auf Nachrichten. Werner hatte einen Zusammenbruch und war nicht bei ihnen. Kathi kam um die Ecke. Ole stand sofort auf. „Kathi," rief Ole und nahm sie gleich in den Arm. „Was ist mit Elfriede, und wo ist mein Vater?" „Werner ist zusammengebrochen und Elfriede wissen wir noch nicht. Sie war wohl kurz wach im Krankenwagen, aber einen Augenblick später wieder weggetreten." Kathi sah, dass Else weinte. Sie setzte sich zu ihr und nahm sie in den Arm: „Das wird schon, die zwei sind stark, alles wird gut." Kathi beruhigte Else. Heinz schniefte auch in seinem Stofftaschentuch, was nicht mehr so ganz frisch aussah. Ole meinte: „Ich hole was zu trinken, möchte von euch einer Kaffee oder Wasser?" Heinz hätte am liebsten gesagt, dass er ein Bier wollte, meinte aber: „Kaffee und Wasser bitte und für Else auch."

Ole nickte, sah seine Frau an, aber die schüttelte mit dem Kopf. Als er mit einem Tablett wiederkam fragte er Kathi: „Ist Reinhild bei den Kindern?" Sie nickte. Eine Krankenschwester kam raus. „Sind sie Angehörige?" Kathi stand sofort auf. „Werner Thiel ist mein Vater und Elfriede meine Schwiegermutter." „Ihr Vater geht es wieder besser, er möchte einen Heinz sprechen." Heinz stand sofort auf. „Das bin ich!" Kathi ging mit Heinz zu Werner, nachdem die Krankenschwester gesagt hatte, das Elfriede operiert wird. Das könnte noch dauern. Als Werner Kathi sah, war er überrascht. „Was machst du denn hier?" „Na hör mal, ich mache mir Sorgen, wie gehst dir denn?" „Mir geht es gut, aber weißt du, was mit Elfriede ist?" „Sie wird gerade operiert." Werner nickte. „Sie hatte eine Kopfverletzung, hoffentlich hat sie keine inneren Blutungen." Es klopfte. „Herein," rief Werner.

Es waren zwei Polizisten. „Entschuldigen sie Herr Thiel. Sind sie vernehmungsfähig?" Werner nickte. Die beiden anderen gingen wieder aus dem Zimmer. Eine halbe Stunde später kamen sie wieder aus Werners Zimmer. Ein Polizist ging auf Else zu. „Sind sie Frau Else Schmidt?" Else wurde flau im Magen. „Ja, das bin ich," sagte sie traurig. Können wir sie einen Augenblick sprechen?" Else wusste, dass sie jetzt die Wahrheit sagen musste und ging mit den Herren in ein Zimmer, was für kurze Zeit von der Krankenschwester zur Verfügung gestellt wurde. Nach fast einer Stunde war sie wieder bei den anderen. Heinz fragte nach: „Was hat da denn so lange gedauert?" „Ich musste eine Aussage mache, wo ich in der Zeit war, als der Überfall geschehen ist." „Und wo warst du?" Alle Augen waren auf sie gerichtet. Else atmete tief ein.

„Ich hatte noch eine Lieferung rausgebracht. Es war ein sechser Pack Bier. Die waren schon bezahlt. Da es aber schon dämmerte, fand ich die Baustelle nicht so schnell wie erhofft. Ein Mann kam mir entgegen und führte mich zu den Jungs, bzw.. er sagte mir, dass ich noch 20 Meter laufen müsste, immer geradeaus. Als ich mich umdrehte war er weg. Da pfiff aber schon ein Bauarbeiter, damit ich ihn nicht verfehlen konnte. Da einer schon gegangen war, war ein Bier über und die netten Herren luden mich ein. Danach bin ich zurück und hatte Angst, weil es überall raschelte. Als ich am Laden ankam, war nur die Notbeleuchtung an und die Tür war verschlossen. Ich hatte nicht darauf geachtet, dass der Schlüssel von innen steckte und der oder die Täter die Tür nach dem Überfall nur zugezogen hatten. Also ging ich nach Hause und duschte erst einmal, dann kam ich zu euch. Den Rest kennt ihr ja."

„Also, wenn du das Bier nicht getrunken hättest, wäre der Überfall vielleicht nicht passiert," meinte Heinz. Dabei verdrehte er die Augen. Else meinte: „Der Mann, der mir den Weg gezeigt hatte, könnte einer von den sein, die den laden überfallen haben. Aber es war schon ziemlich dunkel. Er hatte Bauarbeitersachen an und einen Helm auf und er trug ein Tuch. Morgen soll ich aufs Präsidium, um eventuell ein Phantombild zu beschreiben, oder die Karteikarten durchsuchen, ob ich ihn wieder erkennen würden. Es tut mir leid, dass ich nochmal weggegangen bin." Dann weinte sie wieder. Heinz nahm sie in den Arm und tröstete sie.

*F*reunde

Am nächsten Morgen war Else wie
gerädert. Sie hatte einen fürchterlichen
Alptraum. Sie öffnete ihre Augen und
sah verschwommen Heinz vor sich. Sie
hörte Stimmengewirr. Sie wurden klarer.
Else riss ihre Augen auf. Erst da
bemerkte sie, dass sie gar nicht in ihrem
Bettchen lag, sondern, dass sie auf den
Stuhl im Gang des Krankenhauses
eingeschlafen war. Es war auch nicht der
nächste Morgen, sondern nur vier
Stunden später. Heinz legte den Arm um
Else. „Was ist los, was ist mit Elfriede?"
Kathi sprach gerade mit dem Professor,
der aus dem OP kam. Er legte seine
Hand auf ihre Schulter. Else war
hellwach. Sie sprang auf und lief zu den
Arzt und Kathi. Der verabschiedete sich
und ging bei Werner ins Krankenzimmer.
„Was ist los? Ist sie etwa..." sie mochte

es nicht aussprechen. Kathi schüttelte den Kopf und ging mit Else zu den anderen. Alle schaute sie verzweifelt an. „Elfriede hat die OP gut überstanden. Sie wurde am Kopf operiert, wo sie auch innere Blutungen hatte. Wir müssen die Nacht abwarten und schauen, wie es ihr morgen geht. Sie kommt auf die Intensivstation. Das heißt, wir müssen abwarten. Der Arzt kam bei Werner wieder aus dem Zimmer. Schon war Kathi drin. Werner lag im Bett und weinte. „Papa, es ist doch alles gut verlaufen, wirst sehen, morgen wacht sie auf und du kannst als erstes zu ihr, versprochen. Wir werden alle hier im Flur warten, bis Elfriede wieder wach wird." „Kind, das bringt doch nichts. Ich habe ein Telefon hier am Bett. Wenn was ist, melde ich mich sofort. Ihr könnt morgen früh gleich wiederkommen. Aber seht zu, dass ihr ein bisschen Schlaf bekommt. Reicht schon, wenn einer nicht schlafen kann."

Kathi berichtete alles und sie gingen wirklich erst mal kurz nach Hause. Wenigstens zwei Stunden schlafen und duschen und frische Kleidung anziehen. Else schaute im Auto auf die Uhr. Es war 03:15 Uhr. Else wusste, was zu tun war. Als sie zu Hause waren, schmiss sich Heinz sofort auf sein Bett und schlief augenblicklich ein. Else duschte, sie hatte ja auf dem Gang geschlafen. Dann setzte sie sich hin, nahm sich einen Zettel, einen Kuli und schrieb auf:

Gestern, Montag den,

17.06.2024 18:50 Uhr

Ich gehe mit der letzten Lieferung

einen sechserpack Bier zu

den Bauarbeitern.

Nach ca. 15 Minuten habe ich sie
gefunden,

nachdem ein junger Bauarbeiter mir den
Weg zeigte.

Ich habe ein Bier mitgetrunken, weil einer von den Jungs schon nach Hause gegangen war und ein Bier über war.

Es waren fünf Bauleute, die sich alle kannten und Feierabend hatten.

Gegen 19:30 Uhr bin ich zurück gegangen und war ca. 19:40 Uhr wieder an Laden, der verschlossen war.

Ein kleines Licht brannte, die Notbeleuchtung.

Ich dachte, Elfriede ist schon zu Hause.

Daraufhin bin ich nach Hause, habe geduscht und mich umgezogen.

Gegen 20:30 Uhr bin ich rüber gegangen und wir haben festgestellt, dass Elfriede noch nicht zu Hause war.

Wir sind umgehend zu dem Laden und haben Elfriede um 20:45 Uhr gefunden.

Sie war gefesselt und hatte eine Wunde am Kopf, sie war ohne Bewusstsein und wurde von Ole reanimiert.

Der Überfall muss also zwischen

19:00 -19:35 Uhr gewesen sein.

Die Täter hatten also circa eine halbe Stunde Zeit, das Geld zu stehlen und Elfriede KO zu schlagen und sie zu fesseln.

Was sonst noch fehlt, wird heute erst festgestellt.

<u>Ich werde meine Freunde:</u>

Thiemo mit all seinen Rockern

und Heiner mit seinen Kumpels fragen, ob sie mir helfen wollen, den oder die Täter zu fassen.

Ich gehe heute zur Polizei und hoffe, dass ich bei all den Bildern den Täter finden werde.

Wir schaffen das alle gemeinsam, wozu hat man Freunde.

*H*offnung

Gegen acht fuhren Heinz und Else zur Polizei und Ole und Kathi ins Krankenhaus. Reinhild passte noch auf die Kinder auf und auf den Hund Struppi, der sonst bei Elfriede und Werner lebte.

Als Else vor einen Computer saß und sämtliche Gesichter ansehen musste, tat ihr nach einer halben Stunde die Augen weh. Da war nichts dabei. Sie meinte: „Da kann ich noch so viel gucken, ich finde, sie sehen alle gleich aus. Außerdem sind die alle viel zu alt. Den ich gesehen hatte, war viel jünger." Nach weiteren dreißig Minuten, gab Else und auch die Polizei auf. „Wie wäre es mit einem Phantombild?" Die Polizei suchte nach Lösungen. „Von mir aus," meinte Else, aber als es fertig war, sah es aus wie eine Comicfigur, aber nicht nach einem Räuber. Die Polizei bat Else noch, mit einem Kollegen in den Laden zu gehen, um zu sehen, was sonst noch fehlte. „Ich fahre jetzt erst mal ins Krankenhaus, ich will wissen, ob meine Freundin die Nacht überstanden hatte. Das können wir später machen." „Das trifft sich gut, sagen Sie bitte Bescheid, wenn es ihr besser geht. Wir brauchen ihre Aussage." Else nickte und schon waren sie wieder draußen. Else erzählte Heinz, dass sie ihre Rockerfreunde fragen wollte, ob sie helfen und heute Abend gehe ich zum Sport und frage Heiner mit seinen Kumpels, ob sie uns helfen werden. Wir müssen was tun."

Im Krankenhaus angekommen, kam ihnen Ole entgegen. „Else, Heinz, da seid ihr ja, endlich." „Wir mussten noch zur Polizei, das hat etwas länger gedauert. Was ist mit Elfriede?" „Sie ist aufgewacht, aber nur kurz. Sie ist noch sehr schwach. Kathi ist gerade bei Werner drin und berichtet ihm alles." „Ach, das sind doch mal gute Neuigkeiten. Gottseidank. Wird sie wieder ganz gesund?" Ole meinte: „Klar, bestimmt. Elfriede ist eine starke Frau." Else und Heinz nickten eifrig. „Kann ich zu ihr?" Else wollte sie sofort sehn, um zu erfahren, was geschehen ist, aber Ole verneinte es. „Noch nicht, wir müssen noch warten, aber vielleicht darf Werner ja kurz zu ihr?" Werner kam aus seinen Zimmer. Seine Tochter hielt ihm an Arm fest, damit er nicht wieder umkippt. Er begrüße alle und dann durfte er kurz zu seiner Frau gehen. Er klopfte vorsichtig an, aber keiner sprach. Schließlich lag sie noch auf der Intensivstation.

Er ging zu ihr und weite sofort wieder. Sie hatte die Augen geschlossen. Er setzte sich zu ihr auf Bett und nahm vorsichtig ihre Hand. „Elfriede, was machst du denn für Sachen. Dich kann man auch nicht allein lassen," flüsterte er. Elfriede öffnete ihre Augen. Als sie Werner sah, versuchte sie zu lächeln, aber es strengte sie zu sehr an. Sie drückte seine Hand und ihre Augen lächelten.

„Kannst du sprechen?"

Aber sie sagte nichts.

„Waren es ein oder zwei Leute?"

Werner stellte einfach die Fragen und sie sollte Blinzeln.

Zwei.

„Männer?"

Ja.

„Ältere Männer?

Nichts.

„Jüngere Männer?"

Ja.

„Hast du sie gesehen?"

Nichts.

„Hast du sie gehört?"

Ja.

„Okay, das reicht erst einmal. Wir suchen sie fieberhaft. Ruhe dich aus. Ich komme nachher nochmal und schaue nach dir." Werner erzählte Elfriede nicht, dass er auch in dem Krankenhaus lag. Er wollte sie nicht beunruhigen. Werner gab ihr einen Kuss auf die Stirn und verließ den Raum. Draußen erzählte er es den anderen. Else hörte aufmerksam zu und meinte: „Das passt zu meinen Beschreibungen. Komm, Heinz, wir fahren zu Thiemo und dann zu Heiner. Ich kann nicht länger warten, wir müssen handeln."

Ole meinte: „ich höre mich mal auf der Baustelle um, vielleicht wissen die was." Kathi brachte Werner zurück ins Zimmer und dann fuhren sie alle nach Hause, um am Nachmittag wieder zu kommen.

zubi

Als Ole an der Baustelle ankam, war gerade die Polizei da. Else und Heinz waren auch dabei, weil sie fragen wollten, ob sie wieder in den Laden dürfen. Die Polizei bat sogar darum, um eine Bestandsaufnahme zu machen. Die Ermittler haben sämtliche Fingerabdrücke und Spuren aufgenommen.

Da aber den ganzen Tag Betrieb war, waren es hunderte, also nichts Brauchbares dabei. Das Einzige war das Klebeband, wo sie Frau Thiel mit genebelt hatten, das stammt aus einem Baumarkt, hier in der Nähe. Es wird gerade kontrolliert. Jetzt waren sie dabei, die Leute zu befragen, die an den Abend noch ein Bier mit Frau Schmitt getrunken hatte. Dabei wurde festgestellt, dass einer nicht mehr dabei war, der Azubi. Der hat sich auch krankgemeldet und ist die Woche nicht da. Ein Polizist fragte nach der Hausadresse und notierte sie auf seinen Zettel. Heinz und Else gingen in den Laden. Else fing sofort an zu weinen. Heinz war mitfühlend und öffnete zwei Flaschen Bier und gab seiner Frau ein ab. „Alles wird wieder gut, mein Liebling, wir kriegen das alles wieder hin. Wir werden jetzt Inventur machen und ich rufe Thiemo und Reinhild noch an, ob sie uns helfen können.

Ich muss auch sehen, dass es mit der Minigolfanlage weiter geht. Ole kann nicht alles allein machen." Else nickte und Heinz telefonierte und fragte nach. Zwei Stunden später standen acht Maschinen auf den Hof. Reinhild kam mit dem Auto und teilte ein. Fünf Jungs und Heinz arbeiten an der Minigolfanlage, Ole kommt später dazu. Thiemo und ihr zwei zählt alle Getränke. Ich werde mit Else hier im Laden vorne bleiben und alles aufschreiben." Reinhild hatte das Kommando übernommen und Else war dankbar.

Am Nachmittag legten sie eine kleine Pause ein. Kathi hatte den Grill angeschmissen und Würstchen drauf geschmissen. Danach fuhr Heinz mit Else kurz ins Krankenhaus, um zu sehen, ob es Elfriede etwas besser geht. Die anderen machten sich wieder an die Arbeit.

Heinz klopfte bei Werner an und trat ein, aber das Zimmer war leer. Dann gingen beide zu Elfriede und sahen beide, wohlauf. Werner strahlte und auch Oma Thiel lächelte schwach, als sie die Beiden sah. „Else, Heinz, krächzte sie. Werner stand auf und war schon wieder der Alte. Er begrüßte beide mit einer Umarmung. „Elfriede, schön, dass es dir wieder etwas besser geht," sagte Else und beugte sich runter, um ihr einen leichten Kuss auf die Wange zu geben. Heinz traute sich nicht. Er hatte Angst, dass er das Gleichgewicht verliert und er nachher auf Elfriede landet. Else fragte: „weißt du noch, was passiert ist?" „Die Polizei war auch schon da. Ich habe keinen gesehen. Ich habe einen Schlag auf dem Hinterkopf bekommen. Als ich aufwachte, war ich gefesselt und sie hatten mir die Augen und den Mund verklebt. Ich habe aber ihre Stimmen gehört. Es waren junge Stimmen, oder Jugendliche Stimmen.

Einer sagte immer, Mensch Alter und einmal beim Rausgehen, sagte ein anderer, ziehe einfach nur die Tür zu Max. Dann, nach einer Zeit verlor ich das Bewusstsein, weil ich keine Luft bekam. Du weißt ja, dass ich immer Nasentropfen nehme, aber diesmal ging es nicht. Aufgewacht bin ich erst hier im Krankenhaus." Else: „Alles wird gut, das ist identische mit dem jungen Mann, den ich nach dem Weg gefragt habe. Den finden wir. Wir machen gerade Inventur alle zusammen und bringen den Laden wieder auf Vordermann. Nochmal lasse ich dich nicht allein, versprochen." Oma Thiel lächelte und tätschelte Elses Hand. Werner: „Ich fahre mit euch zurück und hole frische Sachen für Elfriede, dann fahre ich mit meinem Auto wieder zurück. Es müssen nicht alle hier sein. Wir müssen jetzt nach vorne schauen." Werner ging in sein Zimmer, räumte seine Tasche und kam nochmal zurück,

um seiner Frau einen Kuss zu geben.
Dann fuhren alle drei wieder zurück zur
Residenz Sonnenschein.

*M*ax

Else stellte eine Liste auf und versuchte
sich zu erinnern. Sie rechnete nochmal
alles nach, dann hatte sie es:

„es müssen genau 1.806,- Euro
Einnahmen gewesen sein. Es fehlen
zusätzlich sechs Stangen Zigaretten von
der Marke Marlboro. Dann noch zwei
Sechserpack Bier von der Sorte
Brinkhoff, das wars." Else war stolz, als
sie das laut sagte und Reinhild meinte:
„Gute Arbeit, Else.

Dann rufe jetzt direkt den Kommissar an und berichte ihm das." Das tat sie auch, und er freute sich, dass es so schnell ging. Die Zigaretten wären eine große Hilfe, gerade auf dem Bau, hätte er gemeint. Else überlegte: ‚*Wegen so ein bisschen Geld, wäre beinahe ein Mensch gestorben. Schon traurig, wie die Jugend heute so drauf ist.*‘

Am Abend saßen alle zusammen und aßen Gulaschsuppe mit Brötchen. Die Inventur war gemacht. Die Laune war gut, da klingelte das Telefon. Heinz nahm ab. Es war Werner, er wollte mal fragen, wie der Tag so war und ob es schon was Neues gibt von der Polizei. Heinz gab den Hörer an Else weiter. Die fragte sofort nach Elfriede. Aber der geht es jeden Tag ein bisschen besser. In einer Stunde wollte Werner dazustoßen, dann würde er berichten. Aber vorher wollte Elfriede noch hören, ob alles gut lief. Das tat es.

Nach dem Telefonat klingelte es an der Tür, Ole war nochmal vorbeigekommen, er hatte Neuigkeiten. Alle hörten gespannt zu. „Wahrscheinlich weiß man schon, wer es sein könnte!" Es war still. „Max, der Azubi. Der war am Abend schon gegangen und hat sich am nächsten Tag krankgemeldet. Er hätte sich an der Hand verletzt. Die Polizei war bei ihm, er raucht Mallboro.....grins..... aber er hat ein Alibi, sein Freund war wohl die ganze Zeit bei ihm, so ein kleiner korpulenter, der wohl Kampfsport macht. Das wird gerade geprüft." Else wurde hellhörig. „Kampfsport, was denn für ein Kampfsport?" „Ju-jusu oder so ähnlich." „Jiu-Jitsu, dann kann der nur bei Heiner trainieren, weißt du seinen Namen?" „Ben heißt er." „Ach ne, den kenne ich sogar. Wartet mal." Sie griff zum Telefon und rief Heiner an, erklärte die Lage und er sollte Ben sich mal etwas genauer anschauen, vielleicht bekommt er ja was raus. „Wir kommen der Sache immer näher," grinste sie. Dann stießen alle nochmal an.

*B*esuch

Oma Thiel geht es schon besser. Sie kann sich an Einzelheiten erinnern, vor allem, was die Stimmen angeht. Sie müssen so 16, 17, oder gar 18 Jahre alt gewesen sein. Einer ging mit einer unglaublichen Brutalität aus, weil nachdem Oma Thiel aufwachte und gefesselt war, versuchte sie zu stöhnen, weil sie keine richtige Luft bekam. Einer von den Jung kam und trat ihr in den Unterleib, was heute mit Hämatome zu sehen ist. Dann schnauzte er: „Sei ruhig, sonst schneide ich dir die Kehle durch!" Der andere sagte daraufhin: „Ben, mach keinen Scheiß, wir wollen nur das Geld, lass die Alte doch. Hier hört sie soundso keiner. Beeile dich, ich will hier weg." Das erzählte sie zu ihrer Ergänzung der Aussage noch der Polizei. Die war erfreut, weil sie jetzt sicher zwei Namen hatten, Max und Ben. Heute wollte Werner nicht vorbeikommen, weil er wegen der Minigolfanlage etwas mit Ole und Heinz besprechen musste. Else wollte am Abend zum Sport zu Heiner und mit ihm reden, was den Ben angeht. Oma Thiel war eingenickt und wurde wach, als sie unsanft geweckt wurde. Sie erschrak. Zwei Männer standen bei ihr am Bett und einer hatte ein Messer an ihre Kehle gelegt. „Wenn du auch nur das gegrinste sagst, bist du Tod, hast du das verstanden?"

Sie verstand nicht so recht und wusste nicht, wer die Vermummten Männer von ihr wollte. Ben setzte das Messer noch ein bisschen näher an die Kehle, und flüsterte: „Hast du mich verstanden? Kein Wort zur Polizei, sonst bist du dran." Oma Thiel nickte mit dem Kopf. Sie spürte durch das Tuch, was das Gesicht verdeckte den Zigarettenqualm. Er nahm das Messer etwas runter, dabei sah sie eine frühere Verletzung am Unterarm. Es sah so aus, als wenn er mal versucht hätte, sich die Pulsadern aufzuschneiden. Dann tat sie so, als würde sie Ohnmächtig werden uns sackte mit dem Kopf zur Seite weg. Max erschrak, weil er dachte, sein freund hätte ihr tatsächlich die Kehle durchgeschnitten. „Du Idiot, was machst du," rief er. „Ich habe ihr doch nur ein bisschen Angst eingejagt, sonst nichts, scheiß alten Leute." „Komm Ben, lass uns hier schnell verschwinden, bevor noch einer kommt, außerdem willst du noch zum Training. Komm jetzt." Dann verschwanden sie. Oma Thiel atmete wieder, wartete noch zwei Minuten und drückte den Klingelknopf. Kurze Zeit später kam eine krankenschwester rein. „Na, Frau Thiel, wie gehst uns denn?" „Ich möchte, dass sie sofort die Polizei anrufen und sie sollen, hierherkommen, aber Pronto. Ich bin hier nicht mehr sicher." Die Schwester schaute sie verdutzt an: „Alles in Ordnung mit ihnen? Sie sehen so verwirrt aus." Jetzt bemerkte die Schwester etwas Blut am Hals von Elfriede. „Um Gottes Willen, was ist passiert. Sofort rief den behandelten Arzt. Der kam auch sofort und Elfriede berichtete. Der sagte der Schwester Bescheid, sofort die Polizei zu verständigen. Eine Stunde später war sie da und Elfriede berichtete, was ihr passiert sei.

Die Polizei fragte, ob sie mitbekommen hatte, zu welchem Training, aber das hatte sie nicht gesagt. Oma Thiel wurde danach in ein anderes Zimmer gebracht und ein Polizist nahm vor ihrem Zimmer Platz und passte auf, dass so etwas nicht nochmal vorkam.

*D*ie sanfte Kunst

Else war seit langem mal wieder zum Sport gegangen. Sie wollte in erster Linie mit Heiner reden, wegen diesem Ben. Was das für einer ist. Heiner freute sich und meinte, als er Else auf dem Parkplatz traf, dass er den Benn das zutrauen würde.

Max war wohl mal bei einem Probetraining dabei, kam aber nicht wieder. Else ließ sich Zeit beim Umziehen und kam erst heraus, als es eine Minute vor Beginn war. Sie wollte nicht, dass der Junge, wenn er sie sieht, gleich wieder verschwindet. Als er sie sah, wurde er Kreidebleich. Else stellte sich in die Reihe auf und allgemeines Grummeln war zu hören. Dann kniete sich Heiner nieder, danach alle anderen, der Farbe nach. Else blieb stehen. Sie kommt so schlecht wieder hoch. Benn hatte den blauen Gürtel und war schon seit zwei Jahren dabei. Also war er gut. Else wusste noch nicht wie, aber sie wollte mit ihm reden. Nach einer kurzen Aufwärmphase rief Heiner Bodenrandori. Da wird am Boden gekämpft und man versucht den anderen in einen Haltegriff zu bekommen. Nach einer Runde, Else hatte ausgesetzt, rief er Ben zu sich.

Heiner wollte demonstrieren, wie
schnell man einen Gegner in den
Haltegriff bekommt. Wir anderen
schauten zu. Sie verbeugten sich und
innerhalb von Sekunden lag Ben
eingekeilt am Boden. Heiner drückte ihn
mit seinem Körper am Boden fest.

„Else, komm doch mal, du wolltest Ben
doch etwas fragen. Hier sind seine
Finger, drehe sie soweit du willst. Wenn
er nicht antwortet, breche sie einfach.
Die heilen schon wieder zusammen."
Das ließ sich Else nicht zweimal sagen.
Es wurde getuschelt. „Hey, rief Ben, was
soll der Scheiß!" Else kniete jetzt doch
und nahm seine Finger. Bevor überhaupt
eine Frage gestellt wurde, schrie Ben
auf. „Auer, Mensch, du blöde Kuh, pass
doch auf!" „Ich weiß, dass du und dein
Freund Max den Überfall auf dem
Krämerladen organisiert habt und brutal
meine Freundin zusammengeschlagen
habt. Sie hat mit ihr Leben gekämpft.

„Ohne meine Anwalt sage ich gar nichts mehr, lasst mich hier raus, verdammt noch mal!" Else drehte den Zeigefinger und den Mittelfinger mit Wucht nach hinten. Ein Knacken war zu hören. Heiner schaute sie an. „Sorry." Sie zuckte mit den Schultern.

„AAAAAHHHHHHHH!" Heiner sagte: „Jetzt ist es eh egal, jetzt kannst du auch noch die anderen Finger brechen." Die anderen standen wie versteinert da und lauschten dem Schauspiel. Als Else den Ringfinger und den kleinen Finger nahm, schrie Ben auf. „Ist ja schon gut, ich gebe es ja zu. Ich habe der Alten eine Übergebrettert. Sie stand mir im Weg." Alle waren Zeugen. Heiner sagte zu einem anderen Jungen: „Ruf die Polizei." „Und der andere war Max?" Else wollte alles hören, aber er gab keine Antwort. Knack……..„Upps, sorry, das war jetzt aber ausversehen, ehrlich." Heiner schüttelte mit dem Kopf. „AAAAHHHHH, ja, ja, ja, der andere war Max.

Nimm bitte die Oma weg!" Heiner nickte und ließ gab Else einen Wink, dass es jetzt reichen würde. Er ließ ihn los. Mit schmerzverzerrten Gesicht saß er wie ein kleinen Kind auf dem Boden. Else nahm einen Schwung und trat ihn voll in die Eier. Alle waren überrascht. „Das war für die Oma." Die Polizei traf ein. Heiner ging sofort auf die Herrschaften zu und erklärte, dass Ben ein Geständnis gemacht hat und dass er und Max den Überfall verübt haben. Eine Polizist fragte: „Einfach so?" „Na ja, Else hat ihn nett drum gebeten." „Und warum hält er seine Hand und krümmt sich?" Da rief ein anderen Junge. Der hat den Ball auf seine Finger bekommen und vielleicht ist was gebrochen. Dann ist ein anderer, weil er am Boden lag über ihn gestolpert. Jetzt jammert er. Dabei sind wir hier beim Kampfsport." Else strahlte ihn an. Die anderen nickten alle zustimmend. „Na, wenn das so ist, nehmen wir den jungen Mann mal fest."

Else hatte nach dem Sport gesagt, dass alle eingeladen sind, noch ein Bierchen mit ihr zu trinken. Dann fragte sie, warum es alle so gemacht haben. Heiner gab die Antwort: „Das macht man so in einer Herde, alle nickten und lachten und stießen an. Mit einem Verbrecher wollten sie alle nichts zu tun haben. Das wird sofort ausgemustert.

*N*eueröffnung

Oma Thiel wurde aus dem Krankenhaus entlassen. Ihre Freunde hatten einen kleinen Empfang vorbereitet. Sie war noch ein wenig geschwächt von alle dem.

Ein großen Schild prangte am Eingang.
Da hatte sich Heinz drum gekümmert.
Als Werner mit Elfriede kam lasen beide:

<u>Wir uns freuen Elfriede,</u>

<u>zu Hause Willkommen!</u>

Werner schaute zweimal hin und fragte:
„Hä?" Elfriede lachte und antwortete:
„Du kennst doch Heinz. Das soll heißen:

<u>Wir freuen uns Elfriede, willkommen zu
Hause,</u>

ist doch ganz einfach."

Beide lachten, da ging auch schon die
Tür auf und Else stürmte nach draußen,
um ihre Freundin in den Arm zu
nehmen. „Endlich bist du wieder da, ich
habe dich so vermisst!" Beide fielen sich
in die Arme. Es waren nur Else, Heinz,
Kathi, Ole und die Kinder da. Elfriedes
Kinder waren nicht da, weil sie nicht
einmal wusste, dass ihre Mutter
überfallen worden war.

Sie wollte sie nicht beunruhigen. Else erzählte, wie sie die Jungs Dingfest gemacht haben und alle lachten. Es war ein netter, aber kurzer Abend, weil am nächsten Tag die Neueröffnung des Ladens und die Minigolfanlage war. Werner und Heinz waren schon ganz aufgeregt. Im Laden sollen diesmal Else, Reinhild, die es sehr gerne machte und Kathi für den Vormittag helfen, wenn ihr Sohn in der Schule ist und der Kleine in der Krabbelgruppe. Die Männer waren angewiesen worden, alle zwei Stunden nach dem Rechten zu sehen. Es kamen wieder alle Freunde und auch diesmal die Sportfreunde vom Kampfsport und natürlich Heiner, der alles nochmal brühwarm erzählte, wie Else es geschafft hatte, ein Geständnis aus dem Jungen zu brechen. Alle hörten gespannt zu. Ole erzählte, dass der Lehrling Max hatte überreden lassen, von diesen Ben. Er dachte, es wäre sein Freund.

Der hat aber schon vorher einiges auf dem Kerbholz gehabt. Die Anzeige lautet jetzt: Freiheitsberaubung, versuchter Todschlag, und Bedrohung im Krankenhaus. Dieser Ben war schon vorbestraft wegen Erpressung und Raub."

Die Minigolfanlage ist großartig geworden. Die Tiere waren alle geschützt und hatten viel mehr Auslauf als vorher. Die Leute standen Schlange. Alle wollten die Anlage ausprobieren. Oma Thiel sah sich das alles aus sicherer Entfernung an und war glücklich, dass alles nochmal gut ausgegangen ist. Sogar der Freund von Mike kam vorbei und freute sich mit uns. Er meinte, so in drei vier Monaten wäre der große Golfplatz auch fertig. Dann hat man aus Land genau das Richtige gemacht. Es ist so viel grün wie möglich erhalten geblieben, auch große Bäume wurden nicht abgeholzt, sondern mit in die Landschaft eingebaut. Oma Thiel war zufrieden. Sie merkte zwar, dass nicht nur sie, sondern alle älter werden, aber sie ist sich sicher, dass sie noch viel erleben will, bevor der liebe Gott einen von uns holen kommt.

Ende

Epilog

Ein halbes Jahr später

Oma Thiel ist wieder die Alte. Sie hilft oft mit im Krämerladen, weil meistens sehr viel zu tun ist. Die alten Leute kaufen liebe da ein, als im Supermarkt. Das Gute ist, die Ware wird ihnen vor die Tür gebracht. Manche können es auch nur telefonisch machen. Sie haben jetzt einen Boten eingestellt, der auch die Einkaufe einpackt, oder vor die Tür bringt und ein junges Mädchen, die im Verkauf hilft. Die Minigolfanlage läuft hervorragend und Heinz und Werner sind Begeistert über so viel Kundschaft. Die große Golfanlage ist auch fertig und auch die Alten versuchen ihr Glück nochmal etwas Sport zu machen und an die frische Luft zu kommen.

Eines Tages stand Hanelore, Heinz seine Schwester vor der Tür. Ihr Mann war an einem Herzinfarkt gestorben und sie fragte, ob sie nicht hier in eine Mietwohnung einziehen könnte. Sie hilft öfter im Laden oder bei der Minigolfanlage aus. Gegen seiner Schwester hatte Heinz nichts, nur gegen ihren Mann, diesem Gottfried. Er freute sich sogar darüber jetzt mehr mit seiner Schwester zu tun zu haben.

Die Scheune wurde umfunktioniert und es wurde ein freier Platz geschaffen, um die Caddys zu putzen, oder ihre Autos, oder aber, wenn die Motorradgang ihre Motorräder waschen wollten.

Es war natürlich umsonst. Zwar stand ein kleines Schwein am Eingang, für eine Spende, aber davon wurde Futter für die Tiere gekauft. Else riss sich mehr zusammen, um nicht andauert Streit mit Heinz zu haben und ist jetzt auch ganz glücklich, obwohl sie das Flirten nie so ganz abstellen kann, man weiß ja, was noch so alles passiert.

Es sind schon Bücher von Oma Thiel erschienen:

1. Oma Thiel
Altenheim, nicht mit mir
2. Oma Thiel

Die Alten sind nicht
aufzuhalten

3. Oma Thiel

Jetzt wird aufgeräumt

4. Oma Thiel

Spieleabend

5. Oma Thiel
Geschaukelt wird später

***